VERLORENER TEMPEL

TREASURE HUNTER SECURITY
BUCH 2

ANNA HACKETT

Verlorener Tempel

Copyright 2024 by Anna Hackett

Aus dem Englischen übersetzt von Nathalie Hopper Translation

Umschlaggestaltung: Mayhem Cover Creations

Bildquelle: FuriousFotog/Golden Czermak

ISBN (ebook): 978-1-923134-08-9

ISBN (Printversion): 978-1-923134-09-6

Originaltitel: Uncharted

KAPITEL EINS

E r zwängte seine Finger in einen schmalen Spalt in der Felswand und justierte seinen Griff.

Callum Ward verlagerte sein Gewicht und richtete sich dann ein wenig auf. Schweiß lief ihm über das Gesicht, er atmete gleichmäßig und genoss das angenehme Brennen seiner Muskeln. Das Klettern ohne Seil und sonstige Absicherung war eine Herausforderung, die er einfach liebte, genauso wie das Adrenalin, das durch seinen Körper pumpte.

Er blickte nach oben, seinen Körper flach gegen den warmen Felsen gepresst. Die Rocky Mountains im Frühling waren einer seiner Lieblingsorte.

Ein Ort weit weg von den Gefahren und dem Stress eines SEAL-Teams.

Du bist kein SEAL mehr, Ward.

Cal hielt einen Moment lang inne und atmete tief durch. Er blickte hinunter in das Tal, mehrere hundert Meter unter ihm. Danach sah er nach oben. Der Gipfel war nicht mehr weit entfernt. Konzentriert suchte er sich seine nächsten Griffe und Tritte.

Dann kletterte er wieder weiter.

Er liebte das Tempo und die Freiheit des ungesicherten Solo-Kletterns. Er fühlte sich dabei lebendig. Das durfte er niemals vergessen.

Oder die Tatsache, dass so viele seiner SEAL-Kameraden nicht mehr am Leben waren.

Ein paar Meter unter dem Gipfel ließ ihn ein schrilles Geräusch aufschrecken. Eine seiner Hände rutschte ab, und eine Sekunde lang spürte er, wie sein Körper vom Felsen wegpendelte.

Schnell schwang er sich zurück und klemmte eine Hand in eine schmale Felsspalte, wobei er sich die Finger aufschürfte.

Fluchend und mit einem jagenden Puls in den Ohren griff er in seine Tasche und holte sein Handy heraus. Er klemmte das Gerät zwischen sein Ohr und seine Schulter.

„Was?"

„Cal, wo bist du?" Die Stimme seiner Schwester war laut und deutlich zu hören. „Verbringst du den Tag faulenzend in deiner Hütte?" Darcys Stimme klang sauer. „Ich hoffe, du hast gerade keine Gesellschaft. Ich habe heute echt keine Geduld mehr für all die Blondinen, die sich geradezu überschlagen, um dich ausfindig zu machen."

Cal verdrehte die Augen und blickte auf die herrliche Aussicht im Tal unter ihm – eine Ansammlung von Bäumen und die atemberaubenden Berge dahinter. In der Ferne hörte er das Dröhnen von Hubschrauberrotoren. Irgendein steinreicher Kerl, der sich schnell nach Vale fliegen ließ, oder ein Rettungshubschrauber.

„Keine Blondinen. Ich bin am Klettern, Darcy. Ich stecke hier gerade in einer kritischen Passage."

„Wir haben einen neuen Auftrag."

Das erweckte dann doch seine Neugier. „Okay. Ich muss erst noch den Gipfel erklimmen, anschließend zu meinem Truck zurückwandern und dann noch die Hütte verriegeln. Ich kann gegen Abend wieder in Denver sein."

„Das dauert zu lange. Ich habe Declan schon losgeschickt, um dich abzuholen."

Cal schnaubte. „Du hast es geschafft, ihn von seiner Verlobten loszueisen?"

„Es brauchte ein wenig Überzeugungsarbeit." Darcys Stimme wurde sanfter.

Ja, Cals großer Bruder hatte sich Hals über Kopf in eine kleine, sexy Archäologin verliebt. Es war ein bisschen zu schmalzig, sich das mitansehen zu müssen. Cal konnte sich noch nicht einmal vorstellen, bei der Vielzahl an hübschen Frauen, die da draußen waren, nur noch Augen für eine einzige zu haben – egal wie schön, klug oder sexy sie auch sein würde.

Das Leben in vollen Zügen genießen. Das war Cals Motto.

„Hör mal, es wird wohl noch ein Weilchen dauern, bis Dec hier auftaucht ..."

„Eigentlich ist er schon fast dort. Du müsstest ihn gleich sehen."

In diesem Moment verwandelte sich das Geräusch des Hubschraubers in einen brüllenden Orkan. Der

Hubschrauber kam direkt über den Berggipfel geflogen und ließ eine feine Lawine aus Kieseln und Flechten auf Cal niederregnen. In der durchsichtigen Kuppel des Hubschraubercockpits konnte Cal das markante Gesicht seines Bruders erkennen.

Cal seufzte. Es sah so aus, als wäre seine Klettertour damit beendet. „Ja. Er hat mich gefunden."

„Gut. Bis später."

EINE STUNDE SPÄTER, die Haare noch feucht von einer schnellen Dusche, betrat Cal das Büro von Treasure Hunter Security.

Die Büros waren in einer ehemaligen Getreidemühle untergebracht, die Dec und Cal gemeinsam gekauft und renoviert hatten. Dec hatte die obere Etage zu seinem Wohnbereich ausgebaut. Die untere Etage war ein großer, offener Raum mit viel Beton und Ziegelsteinen, und beherbergte das Herzstück ihres Unternehmens. An einem Ende des großzügigen Raums säumten Computerbildschirme die Wand, und auf den eleganten Schreibtischen standen mehrere Hightech-Computer. Das war die Domäne ihrer Schwester. Darcy liebte alles, was eine Tastatur hatte. Die andere Ecke wurde von einem Billardtisch und einem Air-Hockey-Tisch dominiert. Das laute Zischen der Pucks verriet ihm, dass hier gerade ein Spiel mit hoher Motivation im Gange war.

„Ward", rief eine tiefe Stimme. „Komm und spiel anstelle von Morgan. Diese Frau ist der reinste Teufel in diesem Spiel."

Cal grunzte einen Gruß in Richtung O'Connor und machte sich dann auf den Weg zum Air-Hockey-Tisch. Logan war groß gewachsen und wirkte mit seinem karierten Hemd, den abgetragenen Jeans und seinen zotteligen Haaren wie ein rauer Naturbursche. Seine Gegnerin, Morgan Kincaid, war das genaue Gegenteil von ihm. Sie lehnte sich mit ihrem sehnigen Körper gegen den Tisch und zeigte Logan den Mittelfinger. Die große, schlanke, dunkelhaarige Frau war nicht nur der reinste Teufel beim Air-Hockey, sie war auch einfach verdammt gut während ihren Missionen und erst recht dann, wenn es brenzlig wurde.

Sie schaute in Cals Richtung, ihr dunkles Haar wippte um ihr ausdrucksstarkes Gesicht. „Cal."

„Morgan." Cal sah sich um. „Hale und Ronin?"

„Im Einsatz." Morgan ging zu dem kleinen Kühlschrank in der Küchenzeile, die sich in einer anderen Ecke des Raumes befand. Sie nahm sich eine Limonade und öffnete den Verschluss. „Die beiden sind gerade in Washington, DC. und sichern eine schicke Juwelenausstellung für das Smithsonian."

Cal nahm den frei gewordenen Platz an ihrem Ende des Hockeytisches ein und schoss den Puck zu Logan. „Du weißt, dass ich dich auch noch besiegen werde."

„Niemals, Ward. Träum weiter." Logan spielte den Puck zurück. „Du hast mich noch nie besiegt."

„Das liegt daran, dass du schummelst", behauptete Cal.

„Schummeln? Wie zum Teufel kann man beim Air-Hockey schummeln?"

Cal richtete seinen Schlag aus und traf den Puck in voller Breite. „Keine Ahnung, aber du weißt es sicher."

Mit einem Knurren schlug Logan den Puck wieder zurück. Er schüttelte den Kopf und seine unordentlichen Haare streiften über seine Schultern. „Wo zum Teufel steckt Dec?"

„Der hat mich erst noch bei mir abgesetzt und ist dann direkt hierher, um sich mit Layne zu treffen", antwortete Cal. „Ich vermute, dass er gerade mit seiner Verlobten beschäftigt ist."

„Er ist eben glücklich."

Cal hob den Kopf und betrachtete Logan. Logan war der beste Freund seines Bruders. Die beiden waren zusammen in demselben SEAL-Team gewesen und hatten sich gegenseitig öfter das Leben gerettet, als sie zählen konnten.

„Ja, das stimmt." Cal war ebenfalls verdammt glücklich für seinen Bruder. Bevor Dec Layne kennengelernt hatte, hatte er dunkle Schatten der Vergangenheit aus seiner Zeit bei der Navy mit sich herumgetragen. Cal wusste, was diese Schatten einem Menschen antun konnten. Er hatte zu viele Freunde sterben sehen, fremde Menschen, die getötet wurden, und Bösewichte, die entkommen waren. Erinnerungen wurden in ihm wach, und er schob sie beiseite. Diese Schatten konnten einen umbringen, wenn man sie nur gewähren ließ.

Dec war bei der Navy ausgestiegen, und Cal war seinem Beispiel kurze Zeit später gefolgt. Für Dec hatte es eine Kugel gebraucht, um zu gehen, und für Cal war der Tod seines besten Freundes ausschlaggebend gewesen.

„Er ist eben verliebt", fügte Logan noch hinzu. Es klang bei ihm so, als ob Dec sich eine schlimme Krankheit eingefangen hätte.

Bei einem Einsatz vor ein paar Monaten hatte Dec Dr. Layne Rush kennengelernt. Was als Sicherung einer archäologischen Ausgrabung in der ägyptischen Wüste geplant gewesen war, hatte sich zu einem wilden und gefährlichen Abenteuer entwickelt. Layne und Dec hatten letztendlich sogar eine verlorene Oase entdeckt und sich ineinander verliebt. Jetzt lächelte Dec die ganze Zeit über und verdrückte sich mit seiner Verlobten in seine Wohnung, wann immer er nur konnte.

Liebe. Cal hatte dieses Gefühl noch nie selbst erlebt, und das war auch gut so. „Keine Sorge, O'Connor, ich glaube nicht, dass es ansteckend ist."

Logan grunzte.

„Das mit der Liebe ist nichts für mich." Cal lehnte seine Hüfte gegen den Air-Hockey-Tisch. „Es gibt viel zu viele schöne Frauen da draußen, als dass ich mich auf eine beschränken könnte."

Logan grunzte erneut. „So wie die Rothaarige, die dich neulich in der Bar abgeschleppt hat?"

Cal grinste. „Sie war ... intensiv."

„Wie war ihr Name?"

„Den hat sie mir nicht gesagt. Aber wir hatten eine tolle Zeit." Sie waren zu ihr nach Hause gefahren, und Cal war wieder weg gewesen, noch bevor die Sonne aufgegangen war.

Logan zog eine Augenbraue hoch. „Meine Prophezeiung für dich ist ... jemand wird dich eines Tages dazu bringen, ruhiger zu werden, Ward."

„Nein." Cal mochte sein Leben so, wie es war. Er hatte es schon mal komplizierter gehabt. Ein SEAL zu sein, bedeutete, dass jede Situation eine Entscheidung über Leben und Tod sein konnte. Und jede Entscheidung konnte die letzte sein. Treasure Hunter Security war jetzt genau das Richtige für ihn. Er konnte immer noch seine Fähigkeiten einsetzen, und es war viel unwahrscheinlicher, dass er dabei ums Leben kam.

Er hatte einem sterbenden Freund geschworen, intensiv genug für sie beide zu leben.

„Eines Tages wirst du dafür bezahlen müssen." Logan sah auf und seine goldbraunen Augen blickten demonstrativ in das markante Gesicht ihm gegenüber. „Wie dein Bruder wirst auch du anfangen, deine Einstellung zu ändern."

Cal zeigte dem Mann den Mittelfinger. „Fick dich, O'Connor. Wenn du so sehr auf diese ganze Sache mit der wahrhaftigen und einzigen Liebe abfährst, dann mach es doch selbst."

Etwas huschte über das Gesicht des Mannes, aber noch bevor Cal es entziffern konnte, hörte er Stimmen hinter ihnen und Schritte, die auf dem polierten Betonboden widerhallten.

Dec, Layne und Darcy waren hinzugekommen. Dec hatte einen Arm um die Schultern seiner Verlobten gelegt. Cal vermutete, dass er mit seiner Einschätzung, was die beiden gerade noch getrieben hatten, richtig lag. Laynes attraktives Gesicht war ein wenig errötet, und sein Bruder sah extrem entspannt und zufrieden aus.

Darcy sah aus wie immer, ihre hohen Absätze klapperten über den Boden. Sie trug eine dunkle Hose und ein weißes Hemd, das eng an ihrem Hals anlag. Ihr dunkles Haar fiel glänzend und glatt an ihrem Kinn herunter. Darcy mochte zwar eine außergewöhnlich begabte Hackerin sein, aber sie wollte dabei trotzdem immer gut aussehen.

„Wir haben einen neuen Auftrag." Darcys blaugraue Augen richteten sich auf Cal. „Cal, du gehst nach Kambodscha."

Cal stöhnte. „Warum sind meine Jobs nie in der Karibik? Oder auf den Seychellen? In Kambodscha gibt es nichts als Dschungel, und das bedeutet Moskitos."

„Dann pack besser dein Mückenspray ein", konterte Dec mit seiner tiefen Stimme und amüsierte sich köstlich.

Darcy ignorierte beide und machte sich auf den Weg zu ihren Computern. „Wir wurden vom Angkor Archäologie-Projekt angeheuert." Sie nahm ihren Lieblings-Laserpointer in die Hand und richtete ihn auf einen Bildschirm.

Ein Luftbild von Angkor Wat erschien. Die weitläufige Tempelanlage war einfach beeindruckend. Das imposante Bauwerk erhob sich aus einem Meer von Bäumen und Vegetation und war von einem großen Wassergraben umgeben.

Cal hatte Angkor Wat schon einmal besucht. Nicht im Rahmen eines Einsatzes, sondern während eines Erholungsurlaubs mit seinem SEAL-Team. Es war ein fantastischer, interessanter Ort, den man durchaus ein zweites Mal besuchen konnte. Er hatte also nichts dagegen, wieder dorthin zu reisen.

„Das AAP ist ein gemischtes Team von Archäologen

aus der ganzen Welt, das sich auf die Erforschung des alten Khmer-Reiches konzentriert, das vom neunten bis zum dreizehnten Jahrhundert existierte. Das Team war auch für die Lidar-Scans verantwortlich, die vor einigen Jahren in diesem Gebiet gemacht wurden."

„Lidar?", wiederholte Logan.

„Light Detection and Ranging", erklärte Darcy. „Das ist eine hochentwickelte Abtasttechnologie. Das Lidar-Gerät ist auf einem Hubschrauber montiert, der über ein Gebiet fliegt und der Laser tastet es ab. So erhält man hochaufgelöste Karten. Das AAP begann, Angkor Wat zu scannen, und die Scans enthüllten ganz erstaunliche Details. Völlig undokumentierte Strukturen verborgen unter dem Waldboden."

Die Bilder auf den Computerschirmen änderten sich und zeigten jetzt Scans, die von Straßen, Kanälen und Erdarbeiten durchzogen waren.

„Erstaunlich." Layne trat einen Schritt vor. „Daran erinnere ich mich jetzt wieder. Die Scans hatten geholfen, das Wissen über die Khmer-Baukunst zu erweitern." Sie legte den Kopf schief. „Es gab einen richtig großen Rummel um eine verlorene Stadt, die sie damit entdeckt hatten."

Darcy nickte. „Mahendraparvata. Die Stadt war nie wirklich verloren. Jeder wusste, wo sie lag, begraben unter dem Dschungel am Phnom Kulen oder Mount Kulen. Das ist eine Bergkette nicht allzu weit von Angkor entfernt." Ein weiteres Foto flimmerte auf dem Bildschirm auf. Es zeigte die lange Silhouette einer Bergkette. „Der Phnom Kulen ist ein heiliger Berg, und hier und da wurden ein paar Tempel entdeckt, aber das, was man gefunden hatte, waren hauptsächlich Ruinen im Dschungel. Niemand kannte die wahren Ausmaße dieser Stadt. Die Scans halfen, die eigentliche Ausbreitung zu erkennen, die Punkte zu verbinden und die Umrisse von Dingen zu zeigen, die unter der Oberfläche versteckt lagen."

Cal trat näher heran. „Was ist denn so besonders an dieser Stadt?"

„Mahendraparvata ist der Ort, an dem König Jaya-varman II. im neunten Jahrhundert zum Gottkönig gekrönt wurde. Er gilt als der heilige Geburtsort des alten Khmer-Reiches."

„Also, was will die AAP von uns?", fragte Cal.

„Die jüngsten Scans des Teams vom Phnom Kulen haben einige interessante Strukturen aufgedeckt." Darcy lächelte. „Sie wollen eine Sicherheitseskorte für eine Dschungelexpedition zu einem verlorenen Tempel."

Cal grinste. „Oh, gut. Ich packe nur noch meinen abgetragenen Filzhut und meine Peitsche ein."

Darcy rollte mit den Augen. „Sie wollten mir keine weiteren Details zu diesen neuen Scans geben. Ich bin mir sicher, dass sie nur vermeiden wollen, dass jeder Amateur-Schatzsucher oder Geschichtsinteressierte hinläuft. Sie sagten, sie würden dir alles zur Verfügung stellen, was du brauchst, sobald du dort bist. Sie müssen über ein solides Budget verfügen, denn sie zahlen gut."

„Woraus besteht das Team?", fragte Dec.

„Das AAP-Team befindet sich derzeit in einem Hotel in Siem Reap. Das ist die bedeutendste Stadt in der Gegend und das touristische Tor zu den Angkor-Tempeln. Das Team wird von einem englischen Archäologen namens Dr. Benjamin Oakley geleitet." Ein wenig schmeichelhaftes Foto eines großen Mannes mit grauem Haar erschien. „Er arbeitet mit einem einheimischen Archäologen namens Dr. Sakada Seng zusammen." Ein weiteres Foto zeigte einen jungen Kambodschaner. „Oakley hat zwei weitere Archäologen in seinem Team. Eine Australierin, Dr. Gemma Blake, und einen Franzosen, Dr. Jean-Luc Laurent." Zwei weitere Fotos reihten sich zu den anderen.

Cal stieß einen anerkennenden Pfiff aus.

Darcy rollte erneut mit den Augen.

Dr. Blake war eine kleine, kurvige Blondine mit einem breiten Lächeln. Laurent sah aus, als wäre er in den Vierzigern, mit einem langen, schmalen Gesicht und sandfarbenem Haar.

„Das nächste Teammitglied ist der Techniker. Er bedient die Scantechnologie. Er ist Amerikaner und heißt Sam Nath." Das Foto eines jüngeren Mannes mit dunklem Haar, kupferfarbener Haut und einem breiten, strahlenden Lächeln erschien.

„Okay." Cal nickte. „Ich führe also diese kleine Gruppe in den Dschungel, um einen verlorenen Tempel zu finden. Ich hatte schon schlimmere Jobs."

„Oh, es gibt da noch eine weitere Person im Team", fügte Darcy hinzu. „Daniela Navarro."

Layne schnappte nach Luft. „Wirklich? Ich *liebe* ihre Arbeit."

Cal runzelte die Stirn. „Noch eine Archäologin?"

„Du weißt nicht, wer sie ist?" Layne schüttelte den Kopf und sah ihren Verlobten an. „Du hast aber schon von ihr gehört, oder?"

„Fotografin", versuchte Dec.

„Richtig." Darcy lehnte sich gegen den Schreibtisch. „Sie ist eine weltbekannte Fotografin für historische Stätten. Sie reist rund um den Globus und fotografiert antike Tempel, Pyramiden und Statuen. Ihre Fotos werden manchmal für Zehntausende von Dollar verkauft."

Ein Foto blitzte auf. Es zeigte keine Person, sondern die Tempel von Abu Simbel in Südägypten. Die Fotografin hatte die Aufnahme früh am Morgen gemacht, als die Sonne gerade die riesige Statue von Ramses dem Großen berührte. Die Aufnahme hatte etwas Magisches an sich, eine einzigartige Stille.

Cals Brust zog sich zusammen, als er das Bild betrachtete. Es ließ ihn an Träume und Möglichkeiten denken.

„Ich konnte keine Aufnahme von Navarro finden." Darcy zuckte mit den Schultern. „Für eine Fotografin scheint sie nur ungern Fotos von sich selbst machen zu wollen. Aber ich muss schon sagen, ihre Arbeit ist wirklich beeindruckend."

Cal wusste, dass dies ein unkomplizierter Job sein würde. Hinfliegen, Expedition erledigen, Angkor besichtigen, und ehe er sich versah, war er schon wieder zurück, um weitere Klettertouren zu unternehmen. „Wenigstens weiß ich, dass unsere Freunde von der Seidenstraße nicht an den Trümmern eines Tempels interessiert sein werden."

Declan runzelte die Stirn. Er und Layne hatten sich in Ägypten mit diesem gefährlichen Schwarzmarktring für Antiquitäten angelegt. Die zwielichtige Organisation ließ sich durch nichts von ihrem Vorhaben abbringen, unbezahlbare historische Artefakte in die Hände zu bekommen.

Darcy nickte. „Ich glaube nicht, dass diese Söldner-gruppe von Grabräubern dich belästigen wird. Die Sache ist ein Einzelauftrag, aber wenn du vor Ort doch noch Hilfe brauchst, dann sag mir Bescheid. Ich werde Logan in Bereitschaft halten."

Logan verschränkte die Arme vor der Brust. „Ich hasse Moskitos noch mehr als Cal."

Alle ignorierten ihn. Dec sah Cal an. „Wenn du irgendein Anzeichen der Seidenstraße bemerkst, rufst du uns sofort an."

Cal nickte und sah dann wieder zu Darcy. „Und wann soll ich los?"

„Jetzt." Seine Schwester reichte ihm einen Stapel von Dokumenten. „Viel Spaß auf der Reise."

KLICK.

Dani richtete ihre Kamera neu aus, positionierte das lächelnde Gesicht des Mädchens in der Mitte der Aufnahme und drückte auf den Auslöser. *Klick.* Dann zoomte sie etwas heraus und nahm auch den Hinter-grund hinter dem Mädchen mit auf.

Dani liebte Angkor Wat. Die Tempelanlage war voll von einzigartigen Wundern. Sie senkte das Objektiv für einen Moment. Hier, am Fuße eines der Türme des Haupttempels, war die außergewöhnliche Atmosphäre dieses Ortes besonders deutlich spürbar.

Dieser einzigartige Tempel ragte hoch in den

Himmel hinauf, und seine Schönheit wurde durch die Touristen, die ihn umschwärmten, kein bisschen geschmälert. Sie wusste, dass es sich um eine Nachbildung des Berges Meru handelte – des heiligen Berges, der die Heimat der Götter war.

Sie liebte es, dass jede Ecke dieser Stätte etwas anderes bot – außergewöhnliche Reliefs oder einfach die gewaltige Natur, die sich die Ruinen zurückeroberte mit Bäumen, die in den Tempeln wuchsen. Die Touristen störten sie kein bisschen. Wenn sie sie beobachtete, wie sie alles in sich aufnahmen, wie die Emotionen über ihre Gesichter huschten, musste sie lächeln.

Genau das war es, was Dani gern fotografierte. Nicht nur alte Tempel und andere historische Bauwerke und Gegenstände, sondern auch die Gefühle, die sie in Menschen auslösten. Das war es, was ihre Fotos lebendig werden ließ – all die Dinge, die die Menschen dachten und fühlten, die sich in ihren Gesichtern spiegelten und durch ihre Bewegungen ausgedrückt wurden.

Verdammt, sie liebte ihren Job. Sie lächelte. Sie war jeden Tag dafür dankbar, dass sie mit ihrer Fotografie ein sehr gutes Einkommen erzielte.

Sie zoomte auf ein Paar, das auf einem Felsen für einen anderen Fotografen posierte. Ein frisch verliebtes Paar, entschied sie, so wie sie sich gegenseitig berührten. Sie fotografierte sie, während sie übertriebene Posen einnahmen. Dann zog der Mann die Frau zu einem Kuss heran. Dani gelang eine Aufnahme, welche für sie das Unfassbarste des Universums einfing – die Liebe. Dieses flüchtige, geheimnisvolle Gefühl.

Sie senkte ihre Kamera. Dani gab ihnen sechs

Monate. Dann würde es einen der beiden in den Fingern jucken, sich mal mit jemand anderem zu vergnügen. Sie schob den zynischen Gedanken beiseite. *In diesem magischen Moment sollte sie einfach nur an etwas Positives denken.*

Dani ging die Stufen hinunter und bahnte sich einen Weg durch die Menschenmenge, die sich langsam durch den Tempel schob. Sie wanderte zu einem ruhigeren Teil der Anlage, wo sich die Besuchermenge lichtete und sie sogar das Echo ihrer Schritte auf den alten Steinen hören konnte. Hier konnte sie noch ein paar gute Aufnahmen machen. Sie drehte sich im Kreis. Hmm, *hier* war das Licht genau richtig. Sie hob ihre altbewährte Canon an.

Es gab so viele schöne Motive in Angkor Wat. Am meisten freute sie sich aber auf die Chance, die Ruinen von Mahendraparvata zu fotografieren und verlorene Tempel im Dschungel zu finden.

Sie blieb erneut stehen. Diesmal entdeckte sie eine Frau, die nur ein paar Jahre jünger war als sie selbst. Sie war wunderschön. Blonde Haare fielen ihr über die gebräunten Schultern. Sie war nicht dünn wie ein Model, sondern hatte weibliche Rundungen, von denen Dani annahm, dass sie einen Mann in die Knie zwingen würden. Sie spürte einen Anflug von Neid. Wenn man eher groß gewachsen war, knabenhafte Hüften und eine flache Brust besaß, waren feminine Kurven immer ein ferner Traum. Die Frau lächelte, während sie versonnen die Reliefs des Tempels betrachtete.

Während Dani noch ein paar weitere Aufnahmen machte, kam ein gut aussehender Mann dazu und begann ein Gespräch mit der Frau. Sie unterhielten sich eine Zeit lang. Small Talk, stellte sich Dani vor. Die Frau lachte.

Dani runzelte die Stirn, während sie weiter fotografierte. Der Typ war ein richtiger Playboy. Er hatte das Auftreten eines Mannes, der ganz genau wusste, wie gut er aussah, und der nur zu gut wusste, wie er das auszunutzen hatte. Ihr Bruder und ihr Vater hatten denselben Blick – dasselbe attraktive Gesicht, dasselbe unaufrichtige Lächeln.

Mit einem genervten Seufzer ging Dani weiter und suchte nach anderen Motiven. Sie zoomte heran und entdeckte diesmal eine Frau mittleren Alters, die einen kurzen Rock und ein tief ausgeschnittenes Oberteil trug. Dieses Mal fühlte sich Dani an ihre Mutter erinnert. Julia Navarro Simmons Hall war bereits in ihrer vierten Ehe und ihr Selbstwertgefühl hatte sie immer nur über ihr Aussehen definiert. Und über den Kontostand ihres aktuellen Mannes.

Dani wandte sich ab und suchte nach einem interessanteren Motiv. Sie mied ihre Familie so gut es nur ging. Sie wollte nicht, dass sie sich in das Leben einmischten, das sie selbst für sich aufgebaut hatte.

Sie zoomte auf einen Mann, der den Hauptweg zum Tempel entlangging.

Wow! Sie schoss gleich mehrere Fotos von ihm. Gut aussehend, markant und sexy. Das Gesicht des Mannes war wie geschaffen für die Kamera und bot genügend Perspektive, um interessante Schatten zu werfen. Dunkles Haar, das gerade lang genug war, um ihm über die Stirn zu fallen, Dreitagebart auf den Wangen und ein markantes Kinn.

Als Nächstes betrachtete sie seinen Körper. Er ging mit einem lässigen Schritt, ein Mann, der mit sich selbst im Reinen war. Er war etwas über einen Meter achtzig groß und hatte einen muskulösen Körperbau. Ein blass-khakifarbenes Hemd bedeckte seine breiten Schultern, und seine langen Beine steckten in einer dunkelgrünen Cargohose. Er sah nicht wie ein Mann aus, der viel Zeit in schicken Anzügen oder stickigen Büros verbrachte. Nein, er passte gut zu der Tempelruine hier.

Sie machte ein paar weitere Aufnahmen von ihm. Plötzlich blickte er in ihre Richtung, mit einem Stirnrunzeln im Gesicht.

Dani beschloss, dass es an der Zeit war, weiterzugehen. Sie beobachtete eine kleine Gruppe, die gerade die Stufen des Tempels hinaufstieg, und beschloss, ihnen zu folgen.

Im Inneren der Tempelruine kontrastierte hellgrünes Gras mit den alten Steinen. Die Gruppe, der sie gefolgt war, war verschwunden, also konzentrierte sich Dani darauf, ein paar Nahaufnahmen von den Reliefs an der Wand zu machen. Devata – tanzende Frauen in allen möglichen Posen, mit kunstvollem Kopfschmuck auf ihren Häuptern. Die gesamte Anlage bestand aus einer Reihe von Atrien, Galerien und Kreuzgängen, die alle zum Haupttempel führten.

Sie ging einige Stufen hinauf und betrat einen gepflasterten Gang. Dort hielt sie inne und nahm einen tiefen Atemzug. Sie konnte sich gut vorstellen, wie die alten Kambodschaner auf dem Weg zur Huldigung ihrer Götter heute noch hier durchgingen.

„Hey, nein!"

Die verängstigte Stimme einer jungen Frau ließ Dani die Stirn runzeln. Sie eilte um die Ecke.

An einer Treppe entdeckte sie einen Mann, der den Rucksack einer jungen Frau stehlen wollte.

Der Mann zerrte daran, aber die Frau hielt ihn mit verbissener Hartnäckigkeit fest.

Plötzlich verlagerte der Mann sein Gewicht und rempelte hart gegen die Frau. Sie stolperte nach hinten, hielt aber ihren Rucksack weiterhin fest mit den Händen umklammert.

„Hey!" Dani ließ ihre Kamera an dem Riemen um ihren Hals baumeln und rannte die Treppe hinunter. „Lass sie in Ruhe."

Die dunklen Augen des Mannes weiteten sich. Er ignorierte Dani, griff wieder nach vorne und packte erneut den Rucksack der Frau. Sie schrie und wurde auf Händen und Knien mitgezerrt.

„Ich sagte, lass sie in Ruhe." Dani stürmte vor und verpasste dem Mann einen harten Tritt in die Seite.

Er stolperte mit einem Grunzen zurück. Er war ein paar Zentimeter kleiner als Dani mit ihren ein Meter fünfundsiebzig, aber sie war sich seiner drahtigen Kraft äußerst bewusst.

Als er eine Faust erhob, wurde Dani so richtig wütend. Sie trat ihn erneut und schlug ihm die Faust in den Bauch.

„Aufhören!"

Eine tiefe, männliche Stimme hallte von den Wänden des Tempels wider. Hinter ihr hörte Dani das Geräusch von laufenden Füßen. Der Blick des Diebes wanderte über ihre Schulter, und seine Augen weiteten sich.

Er drehte sich um und flüchtete.

Mit stolzgeschwellter Brust drehte Dani sich um. Und erstarrte.

Mr. Attraktiv, markant und sexy, sprintete direkt auf sie zu.

KAPITEL ZWEI

Dani sah, wie der Mann die Treppe hinunterhetzte und noch ein paar Schritte weiterlief, bevor er stehen blieb. Der Angreifer war in den Ruinen des Tempels untergetaucht.

Blaue Augen richteten sich auf Dani. Irgendetwas an seinem Gesichtsausdruck ließ ihr die Nackenhaare zu Berge stehen. Kein Wunder, dass der Dieb geflohen war, nachdem er ihn gesehen hatte.

Die blauen Augen des Mannes wanderten zur jungen Frau mit dem Rucksack, die sich gerade wieder aufrichtete. „Geht es euch beiden gut?"

Die Frau nickte und sah dann Dani an. „Danke Ihnen. Sie waren unglaublich."

„Ich helfe gern", erwiderte Dani.

Die Frau schob ihr hellbraunes Haar zurück und klopfte auf ihren Rucksack. „Ich habe alles hier drinnen. Mein Geld, meinen Pass, meine Kamera ... ich kann Ihnen gar nicht genug dafür danken."

„Sie sollten das melden", meinte der Mann.

Die Frau warf ihm einen langen Blick zu und lächelte. „Leider muss ich mich in zwanzig Minuten mit meiner Reisegruppe treffen. Ich werde aber meinen Reiseführer informieren." Sie hob eine Hand. „Nochmals danke." Die Frau ging davon.

„Sie haben da ein paar gute Treffer gelandet."

Dani blickte auf. „Danke."

Der große, dunkle Mann lächelte. „Das waren ein paar ziemlich geschmeidige Bewegungen."

Ein Aufflackern von Hitze in ihrem Bauch. *Gott, Ruhe da unten, Eierstöcke.* „Es zahlt sich eben immer aus, zu wissen, wie man einem Typen in den Arsch tritt."

Die Brauen des Mannes hoben sich und seine Augen funkelten. „Vielleicht haben Sie sich bisher mit der falschen Sorte Mann herumgetrieben."

Dani gab einen schnaufenden Laut von sich und vergewisserte sich, dass ihre Kamera in Ordnung war. „Meiner Erfahrung nach gibt es nur eine Art."

„Sie glauben, ich würde auch versuchen, einer Frau den Rucksack zu stehlen? Ich kann Ihnen versichern, dass ich das nicht tue. Ich arbeite nämlich in der Sicherheitsbranche."

Sie sah, wie er die Hände in die Taschen steckte und ihr ein charmantes Lächeln schenkte. Oh, ja, der Kerl war verdammt attraktiv. Und er wusste, wie er sein Aussehen zu seinem Vorteil nutzen konnte.

„Ich mache mir keine Sorgen um meinen Rucksack." Sie legte den Kopf schief. „Warum habe ich das Gefühl, dass Sie den Spruch ‚Ich arbeite in der Sicherheitsbranche' schon mehr als einmal benutzt haben?"

„Nun, das *ist* aber mein Beruf ..."

„Schon klar."

„Die Leute finden das normalerweise interessant."

„Mmm-hmm."

„Aber ich merke, dass das bei Ihnen nicht wirklich der Fall ist."

„Ihr Sicherheitsleute seid wirklich unglaublich scharfsinnig." Sie schaute auf ihre Uhr. „Nun, wo ist nur die Zeit geblieben. Leider muss ich noch woanders hin."

Sein Gesicht wurde ernst. „Hören Sie, ich war wirklich beeindruckt, wie Sie der Frau zu Hilfe geeilt sind. Und wie Sie den Kerl zusammengefaltet haben." Er lächelte wieder. „Ich bin es gewohnt, selbst derjenige zu sein, der anderen den Arsch rettet."

Sie gab ein *Aha*-Geräusch von sich.

„Und ich muss jetzt auch zu einem Meeting, aber wie wäre es, wenn wir uns später treffen? Ich kann Ihnen einen Drink spendieren ... und Ihnen beweisen, dass nicht alle Männer darauf aus sind, Rucksäcke zu stehlen."

Der Typ verkörperte pure Versuchung. Dieses Lächeln, dieses Gesicht, dieser Körper.

Dani hatte zu oft gesehen, wie ihr Bruder Joshua das gleiche Lächeln und den gleichen Charme ausspielte. Gott, ihr Vater war sogar noch versierter darin.

Sie war inzwischen dagegen immun.

„Nein, danke." Sie hob ihre Kamera und öffnete dann ihren Rucksack. Mit einer Hand zog sie ein anderes Objektiv aus den dafür vorgesehenen Fächern und schwang sich den Rucksack wieder auf die Schultern.

Der Mann runzelte die Stirn. „Nein?"

Hatte er das Wort etwa noch nie gehört? „Korrekt."

„Und warum nicht?" Sein sexy, charmanter Tonfall war jetzt verschwunden.

„Weil ich keine Zeit mit Männern wie Ihnen verbringe."

Er legte den Kopf schief. „Männern wie mir ...?"

„Ja. Diejenigen, die an einem oder zwei Drinks interessiert sind, um sich dann zwischen den Laken zu vergnügen. Sie werden so lange charmant und sexy zu mir sein, bis Sie das nächste hübsche, junge Ding entdecken, das Ihnen über den Weg läuft."

„Daran ist doch nichts auszusetzen, solange alle Beteiligten offen miteinander umgehen."

„Stimmt. Und ich bin ebenfalls ganz offen zu Ihnen." Dani ließ das neue Objektiv an ihrer Canon einrasten. „Sie könnten sich doch mit der Frau verabreden, der wir gerade geholfen haben. Bei ihr hätten Sie wahrscheinlich mehr Glück."

„Offensichtlich."

Der verwirrte, verärgerte Blick auf seinem Gesicht erregte ihre Aufmerksamkeit. Sie hätte am liebsten gegrinst. Stattdessen zückte sie ihre Kamera und machte einfach ein Foto von ihm.

Er streckte die Hand aus und griff nach der Canon. „Es ist höflicher, zuerst zu fragen."

Sie zog ihre Kamera an sich. Er zerrte sie zu sich zurück.

Dani zog erneut. „Ich gebe mir nicht wirklich Mühe, höflich zu sein."

„Ja, das habe ich schon bemerkt."

Sie verzog das Gesicht. „Das hätte nämlich zur Folge,

dass ich mein Ziel verfehle. Wenn die Leute wissen, dass ich sie fotografiere, werden sie steif und unnatürlich."

„Ich hätte es vorgezogen, wenn Sie mich zuerst gefragt hättest. Und glauben Sie mir, ich habe mich schon steif und unnatürlich gefühlt, noch bevor Sie das Foto von mir gemacht haben."

Sie riss die Kamera an sich.

Er schüttelte den Kopf. „Jemand hat Sie mal so richtig verarscht, nicht wahr?"

Dani drehte sich der Magen um.

Der Mann warf ihr noch einen langen Blick zu. „Das Leben ist zu kurz, um es völlig allein zu verbringen."

Bevor ihr noch eine gute Erwiderung einfallen konnte, drehte sich der Mann bereits um und stapfte davon.

Sie stieß einen Atemzug aus. *Nun gut.* Also, sie sollte jetzt besser zurück ins Hotel, um den Rest des Teams zu treffen.

Es war an der Zeit, diesen Tempel – und die Menschen hier – in Ruhe zu lassen und sich an die Arbeit zu machen, einen unerforschten Tempel zu entdecken.

Sie hielt nicht mehr an, um noch weitere Fotos zu machen, als sie aus den Tempelkomplex verließ. Draußen sprang sie in eines der wartenden Taxis und klammerte sich an den Griff über ihrem Kopf, während ihr Fahrer offenbar versuchte, den Geschwindigkeitsrekord auf dem Weg zurück zum Hotel zu brechen.

Als sie ankamen, schob Dani ihrem Taxifahrer ein Bündel kambodschanischer Riel zu – er grinste sie daraufhin wild an – und stieg aus dem ramponierten Fahrzeug.

Das Heritage Hotel war einfach wunderschön. Das Gebäude lag inmitten eines tropischen, ummauerten Gartens und war im neoklassischen Stil aus cremefarbenem Stein mit vielen Bögen gebaut. Innen waren die Zimmer einfach, aber elegant, mit dunklen Holzakzenten und kambodschanischer Kunst an den Wänden. Sie spürte diesen vertrauten Drang tief in ihrem Inneren und zückte ihre Kamera.

Sie machte ein paar Aufnahmen von der Hotelfassade. Es war zwar nicht das luxuriöseste Hotel der Stadt, aber es hatte einen gewissen Charme und eine gewisse Schönheit. Außerdem war es verdammt gemütlich. Sie hatte während ihrer Arbeit schon an vielen ungewöhnlichen Orten übernachtet – in Jurten in der Mongolei, in Beduinenlagern in Nordafrika und sogar in einem Eishotel in Finnland. Über das Heritage Hotel konnte sie sich nun wirklich nicht beklagen.

Während sie ihre Fotos machte, bemerkte sie einen robusten Jeep, der vor dem Hotel parkte. Hinten war ein Motorrad auf einem Gepäckträger festgeschnallt. Nun, *das* war ein Fahrzeug, das für Abenteuer nur so gemacht war.

Sie ging hinein. Das Treffen mit den Archäologen fand in zehn Minuten statt, und sie wollte nicht zu spät kommen. In der Lobby war die Luft kühler, und sie nahm sich einen Moment Zeit, um das Gefühl davon auf ihrer Haut zu genießen.

„Sind Sie mir etwa gefolgt?"

Die tiefe Stimme ließ sie aufblicken ... in mittlerweile vertraute blaue Augen.

„Nein." Sie runzelte die Stirn. „Sind Sie mir denn gefolgt?"

Mr. Attraktiv zuckte mit den Schultern und verschränkte seine Arme vor der Brust. „Tut mir leid, ich bin wegen der Arbeit hier. Ich treffe mich in ein paar Minuten mit dem Team, mit dem ich vor Ort zusammenarbeiten werde."

Sicherheitsbranche. Ihr Magen drehte sich um. *Na toll.* „Nicht etwa AAP?"

Sein Blick verengte sich, wanderte erst zu ihrer Kamera und dann wieder zu ihrem Gesicht. „Sie sind Daniela Navarro."

Sie runzelte die Stirn. „Woher kennen Sie meinen Namen?"

„Ich weiß, dass Sie die Fotografin beim AAP bist. Und ich bin der angeheuerte Sicherheitsexperte."

„Oh." Das war alles, was Dani dazu sagen konnte.

„Ich bin Callum Ward. Treasure Hunter Security. Und im Team duzen sich alle." Er streckte eine Hand aus. „Das ist jetzt der Teil, in dem wir uns höflich verhalten und du so tust, als könntest du mit einem ‚Mann wie mir' zusammenarbeiten."

„Das mussten Sie jetzt sagen, oder? Äh, ich meine, du."

„Ja."

Dani hängte sich die Kamera um den Hals und versuchte sich ihre Nervosität nicht anmerken zu lassen. Sie sammelte sich und gab ihm die Hand. Seine Handfläche war groß und schwielig. Nach einem kurzen Schütteln hielt er ihre Hand einfach weiter fest.

„Nun, Callum Ward. Willkommen beim AAP."

Sein Daumen strich über ihr Handgelenk, und die Bewegung ließ ein Kribbeln in ihrem Arm entstehen. *Seltsam.* Sie versuchte, ihre Hand zurückzuziehen.

Er weigerte sich, sie loszulassen. „Nenn mich Cal."

Sie gab ihrer Hand einen kräftigen Ruck. „Und ich bin Dani."

„Aber Daniela klingt so viel hübscher."

„Und so viel länger. Wirst du meine Hand jetzt endlich loslassen?"

Er lächelte sie an. „Sobald ich bereit dazu bin. Ich kann deinen Akzent nicht ganz zuordnen, Dani."

„Ich bin hauptsächlich in den USA aufgewachsen. Aber mein Vater ist Portugiese."

„Fala portuguese?"

„*Sim.*" Neugierde durchflutete sie. „Deine Aussprache ist sehr gut."

Cal lächelte. Und verdammt, wenn das sein ohnehin schon attraktives Gesicht nicht noch anziehender machte. „Ich spreche fünf Sprachen, dank meiner früheren Arbeit."

Sie ließ ihren Blick an seinem Körper hinuntergleiten. „Ich tippe auf Militär oder irgendeine Spezialeinheit."

Seine Augenbrauen wanderten Richtung Haaransatz. „Woher zum Teufel willst du das so genau wissen?"

„Ich fotografiere hauptberuflich Menschen. Ich bin gut darin, sie zu analysieren, wie sie aussehen, wie sie sich bewegen."

Er neigte den Kopf. „Navy SEAL."

Spezialeinheit also. Er mochte zwar ein gut aussehender Mann mit viel Charme sein, aber es klang
irgendwie auch so, als sei er kein oberflächlicher Weiber-
held. Man schaffte es nicht in die SEAL-Teams, wenn
man nicht auch über verdammt viel Können und Grips
verfügte.

„Aber jetzt bin ich in der privaten Sicherheitsbranche tätig." Ein schwaches Lächeln auf seinen
Lippen. „Obwohl ich weiß, dass dich das nicht sonderlich
beeindruckt."

Sie blinzelte und setzte die Puzzleteile zusammen.
„Ward ... Ich hatte das Vergnügen, einmal deine Mutter
kennenzulernen."

Cals Lächeln wurde breiter. „Oh. Ich wette, das war
ein Erlebnis."

Das war es tatsächlich gewesen. Persephone Ward
war eine kleine Frau mit einer großen Persönlichkeit.
Dani starrte Cal an, unfähig zu glauben, dass diese
kleine, energische Schatzjägerin mit dem großen
Ansehen diesen harten, gefährlichen, sexy Mann zur
Welt gebracht hatte. „Es war auf einer Expedition in
Brasilien. Sie ist unglaublich."

Cals Gesichtsausdruck wurde sanfter. „Mom hat
eben diese Wirkung auf Menschen."

„Mr. Ward?"

Der markante britische Akzent brachte Dani zum
Lächeln. „Da kommt Dr. Oakley."

Sie drehten sich um und sahen den Archäologen in
die Hotellobby treten.

Er schenkte Cal ein höfliches Lächeln und reichte

ihm die Hand. „Wie ich sehe, haben Sie Dani bereits kennengelernt."

Dani beobachtete, wie sich die Männer die Hände schüttelten. Sie hätten nicht unterschiedlicher sein können. Der ältere, zurückhaltende Mann, der Theoretiker, und der jüngere, energische Mann der Tat. Sie wollte am liebsten ein Foto von ihnen beiden zusammen machen, unterdrückte aber den Drang.

„Willkommen in Kambodscha", sagte Dr. Oakley. „Dani ist auch erst gestern angekommen, und es ist uns eine Freude, Sie beide in unserem Team zu begrüßen. Mit Ihrer Hilfe werden wir hier etwas ganz Wunderbares erreichen."

Dani brachte ein Lächeln zustande. Jetzt würde sie mit diesem sexy Callum Ward auch noch durch den Dschungel wandern müssen. Gott steh ihr bei.

Dr. Oakley bemerkte ihren inneren Kampf nicht und geleitete sie durch die Lobby. „Die anderen treffen wir in der Bar. Sollen wir schon mal den Anfang machen?"

Cal wandte sich an Dani. „Sieht so aus, als ob ich dir doch noch einen Drink spendieren darf."

„Sieht so aus, als wären doch nicht alle im Team per Du."

Er grinste nur und setzte sich in Bewegung.

CAL SETZTE sich auf einen der bequemen Stühle in der Hotelbar, eine Flasche kaltes Bier in der Hand.

Dr. Oakley ließ sich auf dem Stuhl neben ihm nieder. „Die anderen sollten bald hier eintreffen."

Cal nickte und nahm einen Schluck von seinem Getränk. Dabei beobachtete er Dani Navarro, die mit der Kamera in der Hand durch die Bar schlenderte.

Sie war eine willensstarke, nervtötende Frau. Zu dumm, dass sie gleichzeitig auch noch so attraktiv war. Sie war eher groß gewachsen für eine Frau, schlank, mit kleinen Brüsten und langen Beinen. Er hatte schon immer eine Schwäche für lange Beine gehabt. Er ließ seinen Blick an ihr hinunterwandern. Selbst in ihrer schlichten Cargohose war es sehr einfach, sich vorzustellen, wie sie ihre Beine um seine Hüften schlang.

Gott, und dieses Gesicht und dieses Haar. Ihr Gesicht war nahezu perfekt, mit einer interessanten Mimik. Bei den Tempeln war ihm aufgefallen, dass sie Augen in verschiedenen Farben hatte – ein grünes und ein braunes. Und die Haare waren nun wirklich nicht zu übersehen. Lange, schwarze Locken, die sie zu einem Pferdeschwanz zurückgebunden hatte. Er fragte sich, wie sie wohl offen aussehen würden, vor allem, wenn er sie mit seinen Händen packte.

Außerdem roch sie gut. Sie sah ganz professionell aus in den vernünftig gewählten Kleidung, die man für eine Wanderung zu einem Tempel im Dschungel eben am besten trug, und hielt ihre Kamera ständig einsatzbereit. Aber die Frau roch wie die Sünde. Ihr Parfüm hatte etwas Würziges, das ihn an die Märchen aus tausendundeiner Nacht denken ließ.

Die Abfuhr, die sie ihm im Tempel entgegengeschleudert hatte, klang immer noch in seinen Ohren nach.

Sie hatte mit ihrer Einschätzung wohl nicht so ganz

unrecht. Er mochte es eben, mit einer Frau unverbindlichen Spaß zu haben. Aber er hatte niemals einer etwas vorgemacht und war immer bemüht, niemanden zu verletzen. Sie brauchte jetzt also nicht so zu tun, als wäre er ein verdammter Serienmörder.

„Hier sind wir."

Dr. Oakleys Stimme lenkte Cals Aufmerksamkeit von Dani ab. Vier weitere Personen setzten sich auf die Stühle um sie herum.

„Cal, ich möchte Ihnen die Archäologen Blake, Laurent und Seng vorstellen." Oakley nickte jedem zu. „Und das letzte Mitglied unseres Teams, Sam Nath."

Cal studierte die Neuankömmlinge und erkannte sie alle anhand ihrer Fotos.

„Hallo. Ich bin Gemma." Dr. Gemma Blake schenkte ihm ein breites Lächeln und beugte sich dicht an ihn heran. Ihr australischer Akzent trug zu ihrem attraktiven Erscheinungsbild bei. „Du bist eine willkommene Ergänzung für unsere kleine Gruppe."

Er lächelte sie an. „Cal Ward."

Es dauerte etwa eine Sekunde, bis er den verärgerten Ausdruck auf Sams Gesicht bemerkte. Anscheinend war der Technik-Guru scharf auf Dr. Blake.

„Jean-Luc Laurent."

Cal schüttelte erst dem französischen Archäologen und dann dem Kambodschaner die Hand.

„Sakada." Das Englisch des einheimischen Archäologen war nahezu perfekt. „Freut mich, dich kennenzulernen."

„Ich freue mich, mit euch allen zusammenzuarbeiten." Cal beugte sich vor. „Also, Dr. Oakley, warum erzählen Sie mir nicht mehr von dieser Expedition?"

Der Mann nickte. „Nun, Sie haben ja schon die Scans gesehen ..."

Cal nippte an seinem Bier. „Korrekt, die verlorene Stadt, die nicht wirklich verloren ist."

Oakley lachte. „Genau. Die Medien haben es ein wenig aufgebauscht. Aber das ursprüngliche Scan-Projekt hat es uns ermöglicht, das wahre Ausmaß von Angkor und Mahendraparvata auf dem Kulen zu enthüllen." Der Archäologe holte ein Tablet hervor und legte es auf den kleinen Tisch vor ihnen. Er wischte über das Display und die gescannten Karten füllten den Bildschirm.

„Mahendraparvata ist der Ort, an dem der erste Khmer-König gekrönt wurde", erklärte Gemma. „Das ist wirklich ein faszinierender und wichtiger Teil der kambodschanischen Geschichte. Und die Stadt lag später die ganze Zeit unter dem Dschungel begraben."

Cal hörte zu, während die Archäologen ihn mit Informationen über die Ausgrabungsstätte überschütteten. Er lehnte sich in seinem Stuhl zurück, und während er die Informationen aufnahm, beobachtete er Dani, die in der Nähe der Fenster umherwanderte. Sie bewegte sich mit einer katzenhaften Anmut, die ihn faszinierte.

Aber sie hatte auch etwas ... Einsames an sich. Als ob sie überhaupt nicht mit all den Menschen und Orten verbunden wäre, an denen sie sich gerade befand. Sie war eine Beobachterin, distanziert vom Geschehen.

Gemma stieß mit ihrem Arm gegen seinen. „Möchtest du auch etwas über die Krönung erfahren?"

Konzentrier dich auf deine Arbeit, Ward. „Sicher doch."

Es war Dr. Oakley, der weiter ausführte. „Es begann alles mit der hinduistischen Praxis des Devaraja-Kultes, dem Kult des Gottkönigs. In einer Zeremonie wurde ein König zu einer Gottheit, einem Gottkönig, gekrönt. Jayavarman II. war der Erste, der diesen Brauch in dieser Gegend einführte. Davor bestand die Region hier lediglich aus kleinen Warlord-Staaten, aber er hatte sie alle vereinigt."

„Ein Brahmane wurde hinzugezogen, um die Devaraja-Zeremonie durchzuführen", erzählte Gemma. „Er benutzte einen heiligen Stein, Linga genannt, als Teil der Zeremonie. Er enthält die Essenz des Hindu-Gottes Shiva und überträgt diese Macht auf den König, so dass er dadurch zum Gottkönig oder zum König der Könige wird."

„Linga?" Cal tippte mit einem Finger gegen seine Bierflasche. „Ich habe mal in Indien gearbeitet und dort einen Linga gesehen."

Gemma lächelte und beugte sich noch näher heran. „Das ist richtig. Ein Linga ist ein phallusförmiger Stein, der die Energie und die Potenz von Shiva repräsentiert."

Cal gewann den Eindruck, dass Dr. Blake Lingas sehr mochte.

„Dieser Linga, der von Jayavarman benutzt wurde, soll ein magischer Stein sein", fuhr Sakada fort.

Dr. Oakley beugte sich vor, sein Gesicht konzentriert. „Wir haben schon einige Teile von Mahendraparvata freilegen können, zumindest die, die leicht zugänglich waren. Wir haben aber auch Hinweise auf einen weiteren Tempel, der tiefer im Dschungel auf dem Phnom Kulen verborgen liegt. Der Tempel des Heiligen Linga."

„Ich glaube mich zu erinnern, dass Linga-Schreine hier einst ziemlich verbreitet waren", meinte Cal.

„Dieser ist jedoch einzigartig", betonte Dr. Oakley. „Ein ganzer Tempel, der dem Linga gewidmet ist, mit dem Jayavarman gekrönt wurde."

„Es gibt gleich mehrere Erwähnungen dieses Tempels in verschiedenen Quellen", fügte Jean-Luc hinzu. „Deshalb hatten wir Mittel erhalten, um weitere Lidar-Scans in einem Bereich des Berges durchzuführen, den wir bisher noch nicht untersucht hatten." Er blickte neben sich. „Sam?"

Der jüngere Mann nahm das Tablet in die Hand und drehte es herum. Er tippte auf den Bildschirm und schwenkte ihn dann so, dass Cal die Aufnahmen besser sehen konnte. „Das sind die neuesten Scans. Es ist ein noch unerforschtes Gebiet auf dem Phnom Kulen. In diesem Bereich der Bergkette wächst ein beinahe undurchdringlicher Dschungel, und selbst die Einheimischen wagen sich nicht dorthin."

Cal studierte den Scan und bemerkte aus dem Augenwinkel, dass Dani näher herangetreten war und ihm über die Schulter schaute. Auf dem Bildschirm konnte er die Umrisse von *etwas* unter dem Dschungel erkennen.

„Der Tempel wurde wahrscheinlich in der charakteristischen Quincunx-Formation gebaut, die den heiligen Berg Meru repräsentiert", erklärte Sakada. „Vier Türme an den Ecken und ein fünfter in der Mitte."

ANNA HACKETT

Dann erkannte Cal ihn, zwischen den ganzen Linien auf dem Scan – den vagen quadratischen Umriss eines Tempels.

Er blickte zu ihnen allen auf. „Okay, wir müssen also dorthin?"

„Genau." Dr. Oakley nickte. „Zum Tempel des Heiligen Linga."

„Sam, kannst du mir eine Kopie an meine E-Mail schicken?", bat Cal und reichte ihm eine Visitenkarte.

Der Mann nickte.

„Vielleicht finden wir sogar den magischen Linga in diesem Tempel", meinte Gemma. „Das würde mich nicht sonderlich überraschen. Es gibt Hinweise darauf, dass Lingas auf Phnom Kulen besonders heilig waren. Hast du schon einmal vom Fluss der tausend Lingas gehört?"

Cal blickte hoch und bemerkte Danis Augenrollen. „Nein, noch nicht."

Gemmas Lächeln wurde breiter. „Es ist ein beliebtes Touristenziel am Phnom Kulen. In einem Abschnitt des Flusses gibt es Tausende von Linga-Abbildungen, die in den felsigen Grund des Flusses gemeißelt wurden."

„Und auch noch andere Skulpturen", fügte Sakada hinzu. „Quincunx-Abbildungen sowie andere Götter und Göttinnen, Nagas."

„Nagas?", wiederholte Cal.

„Schlangengötter", erklärte Sakada. „Die kambodschanische Legende besagt, dass das eine besondere Reptilienrasse war, die eine Rolle bei der Erschaffung des kambodschanischen Volkes gespielt haben soll."

Gemmas Augen leuchteten. „Ich weiß, dass der

36

Tempel des Heiligen Linga dort sein muss und nur darauf wartet, dass wir ihn finden."

Cal konnte der Archäologin ihre Begeisterung für ihre Arbeit nicht verübeln. „Okay, ich werde Pläne ausarbeiten, um uns sicher dorthin zu bringen und dafür sorgen, dass wir alles an Ausrüstung haben, was wir brauchen." Seine Gedanken überschlugen sich fast schon, als er die Expedition in seinem Kopf bereits organisierte. Er musste Darcy bitten, ihm Informationen über Phnom Kulen und den Dschungel in diesem Berggebiet zu schicken. „Wir brauchen auch Ausrüstung für unser Nachtlager."

„Wann glauben Sie, dass wir loslegen können?", fragte Dr. Oakley. „Wir können es kaum erwarten, aufzubrechen."

„Morgen früh."

Oakleys Brauen zogen sich bis zu seinem Haaransatz hoch. „So bald?"

Cal lächelte. „Wir haben ein sehr gutes Team bei Treasure Hunter Security. Lassen Sie mich an die Arbeit gehen, und ich werde alles Notwendige arrangieren."

„Sehr gut", freute sich Dr. Oakley. „Jetzt weiß ich, warum uns Ihre Firma wärmstens empfohlen wurde. Wir haben für heute ein gemeinsames Abendessen geplant, um den Beginn unserer Expedition zu feiern."

„Ich muss erst alles in die Wege leiten, aber Abendessen klingt gut."

Als Oakley sein Weinglas hob, nahm Cal sein Bier und sie stießen an.

„Auf eine erfolgreiche Expedition", sagte Dr. Oakley. Der Rest des Teams stieß mit Gläsern und Flaschen an. Cal stand auf und ging zu Dani hinüber, die allein an der Bar stand und an etwas nippte, das wie ein Gin Tonic aussah. Er hob seine Flasche an.

Sie stieß ihr Glas gegen seine Flasche. „In ihrem Eifer haben sie vergessen, dir zu erzählen, dass der Phnom Kulen in den siebziger Jahren von den Roten Khmer als letzte Bastion genutzt wurde. Teile des Berges sind geradezu mit alten Landminen übersät."

„Nichts, womit ich nicht zurechtkomme."

„Na dann, auf eine erfolgreiche Expedition", erwiderte sie.

„Heutzutage bin ich schon froh, wenn niemand auf mich schießt."

„Ich werde auf dich schießen", murmelte sie. Dann verzogen sich ihre Mundwinkel zu einem Lächeln. „Mit meiner Kamera."

„Mit einer Kamera kann ich umgehen." Er stützte sich mit den Ellbogen an der Bar ab. „Aber es ist immer ratsam, auf das Schlimmste vorbereitet zu sein."

KAPITEL DREI

Dani zoomte auf Cals Gesicht und drückte auf den Auslöser. Das nannte sie *fotografische Hartnäckigkeit*.

Hinter sich hörte sie Gemmas Lachen und das Klirren von Besteck auf Tellern. Das Team hatte gemeinsam in einem privaten Speisesaal neben dem Hotelrestaurant gegessen. Die anderen genossen immer noch die köstlichen lokalen Speisen, aber Cal hatte seine Mahlzeit schnell beendet und sich wieder an die Arbeit gemacht.

Er stand an einem langen Tisch, der an einer Wand platziert war, und sah so aus, als würde er einen Krieg planen.

Eine Landkarte bedeckte den Tisch, über den er sich mit hochgekrempelten Ärmeln beugte, was seine muskulösen Arme bestens zur Geltung kommen ließ. Er machte sich Notizen auf einem Papierblock, und ein robust aussehendes Tablet war gegen ein paar Bücher gestützt. Dani machte eine weitere Aufnahme von ihm. Sie hatte ihn bereits als harten Typen eingestuft. Treasure Hunter Security hatte immerhin einen guten Ruf diesbezüglich.

Doch als er die Stirn runzelte und mit dem Stift auf die Karte tippte, wurde ihr klar, dass sie die messerscharfe Intelligenz, die sich in seinem Gesicht ebenfalls spiegelte, so nicht erwartet hatte.

„Bist du dir sicher, dass wir schon morgen aufbrechen können?", fragte sie.

Er schaute auf. „Das ist der Plan. Du willst doch unbedingt dorthin, oder?"

„Oh, ja." *Da.* Dieser Ausdruck in seinem Gesicht. Den musste sie unbedingt einfangen. Sie hob wieder ihre Kamera an.

Er warf ihr einen irritierten Blick zu.

„Du hast eben ein Gesicht, das der Kamera gefällt. Eine raue Art von gut aussehend."

„Du findest mich attraktiv?" Ein Lächeln umspielte seine Lippen.

„Das ist eine rein sachliche Feststellung. Und ich bin mir ziemlich sicher, dass du ganz genau weißt, wie du aussiehst."

„Wie läuft es mit der Planung?" Eine Stimme unterbrach ihr Geplänkel.

Sie drehten sich beide gleichzeitig um, gerade als Dr. Oakley zu ihnen trat.

„Großartig", antwortete Cal. „Ich habe unsere Route durchgeplant, lokale Führer organisiert und warte jetzt nur noch auf einen Anruf aus meiner Zentrale in Denver, um die letzten Details zu bestätigen. Aber morgen früh sind wir startklar."

„Wunderbar."

Der aufgeregte Gesichtsausdruck von Dr. Oakley veranlasste Dani dazu, ihre Kamera auf ihn zu richten. Sie zoomte auf sein Gesicht und drückte den Auslöser.

Dann drehte sie sich zu Cal und fotografierte das Lächeln in seinem Gesicht. Er funkelte sie wieder böse an.

Plötzlich flackerte das Tablet auf dem Tisch auf. Eine Frau mit dunklem Haar in einem glatten Bob und blaugrauen Augen erschien. „Hallo, Cal."

„Darcy, Babe. Wie läuft es in Denver?"

„Fabelhaft. Das wüsstest du auch, wenn du mal länger hierbleiben würdest."

„Du bist es doch, die mich ständig in der Welt herumschickt."

Die Frau war wunderschön. Schwarzes Haar, hübsches Gesicht, eine stilvolle Bluse, die zur Farbe ihrer Augen passte.

Als sie lächelte, war sie schlichtweg umwerfend. „Ich werde dir einen Urlaub einplanen. Du kannst mich ja mal für ein Wochenende in deine kleine Hütte in die Berge mitnehmen."

„Das machen wir", antwortete Cal.

Dani runzelte die Stirn. Hatte er gerade ein Date klargemacht? Einfach mal so?

Das Gesicht der Frau wurde ernst. „Okay, bereit?"

„Schieß los", erwiderte Cal.

„Ich habe ein weiteres Fahrzeug mit Allradantrieb für dich organisiert. Es ist vollgetankt. Ich habe alles besorgt, was du brauchst, von Lebensmitteln bis zur Grundausstattung für euer Nachtlager. Meine E-Mail mit den beste Route zum Phnom Kulen und den Namen der weiteren lokalen Führer aus den umliegenden Dörfern hast du in deiner Inbox."

„Ja. Ich habe aber noch ein paar Anpassungen vorgenommen."

„Das tust du immer. Ihr trefft eure Führer an einem Ort namens Srah Damrei. Er wird auch Elefantenteich genannt."

„Ausgezeichnet. Du kannst eindeutig zaubern."

„Klar kann ich das."

Die anderen kamen vom Esstisch herüber. Cal nickte ihnen zu. „Leute, das ist Darcy. Sie ist unser technisches Genie und Organisationsexpertin im Hauptquartier von Treasure Hunter Security."

Alle grüßten sie freundlich.

„Hallo. Okay, in Srah Damrei werden die lokalen Führer noch Motorräder mitbringen. Die Wege zur Tempelanlage sind zu schmal und zugewachsen für Autos."

Das Team stöhnte leise.

Dani beobachtete, wie Cal Darcy mit Fragen löcherte und die Frau perfekte Antworten parat hatte. Sie war eindeutig gut organisiert und bestens vorbereitet. Klug und schön. Dani mochte sie auf Anhieb nicht.

„Darcy, du warst fantastisch wie immer. Was würde ich nur ohne dich tun?"

Sie warf ihm einen säuerlichen Blick zu, der auch auf dem Bildschirm nichts von seiner Wirkung einbüßte. „Und du bist und bleibst ein Charmeur. Denk daran, dass das bei mir nicht funktioniert."

„Ich liebe dich, Darcy."

Die zwanglose Kameradschaft zwischen den beiden

und die Worte, die Cal gerade zu ihr gesagt hatte, trafen Dani mitten ins Herz. Sie beschloss, nicht länger hierzubleiben, um noch mehr davon zu hören. Sie zog sich lieber zurück. Die Worte „Ich liebe dich" hatten keinerlei Wert besessen, als sie aufgewachsen war. Ihre Eltern hatten wie mit Konfetti damit um sich geworfen. Anscheinend tat Callum Ward das auch.

Sie hörte Gemma rufen. „Lasst uns einen letzten Drink zur Feier des Tages nehmen."

Dani verschwand durch die großen Flügeltüren und betrat die Lobby. Sie spürte ein vertrautes, starkes Bedürfnis, heute doch noch mehr Fotos zu machen. Seit dem ersten Moment, in dem eines ihrer Kindermädchen ihr eine Kamera in die Hand gedrückt hatte, verspürte sie den unerschütterlichen Drang, die Welt um sie herum fotografisch festzuhalten.

Sie ging an der Rezeption vorbei und zur Vordertür hinaus. Draußen atmete sie tief die frische Nachtluft ein. Ohne weiter darüber nachzudenken, drehte sie sich um und ging die Straße hinunter ins Stadtzentrum. Bald wich die ruhige Straße dem geschäftigen Treiben im Herzen von Siem Reap. Die Menschenmassen wurden immer dichter.

Dani zückte ihre Kamera. Sie entdeckte eine Familie – Touristen –, die zusammen spazieren ging. Alle waren verbrannt von der Sonne, aber glücklich, und die Eltern teilten einen unvergesslichen Moment mit ihren Kindern, die schon im Teenageralter waren. Es waren viele Einheimische unterwegs, einige aßen zusammen, einige arbeiteten, andere erledigten Einkäufe. Überall gab es Lärm, Lichter, Leben.

Es war so anders als die Ehrfurcht in den alten Tempeln nur ein paar Kilometer entfernt. Dort hatte Dani die ruhigen, beschaulichen Momente festgehalten. In der Stille lag so viel Tiefe, die es einzufangen galt.

Hier ging es nur um Bewegung.

Sie tauchte tiefer in die Menschenmenge hinein, mitten ins Getümmel. Niemand schenkte ihr viel Aufmerksamkeit, und das war ihr auch ganz recht so. Aber als eine Gruppe lachender Frauen an ihr vorbeiging, fragte sie sich, wie sie sich inmitten all dieser Menschen nur so allein fühlen konnte.

Ein Pärchen ging an ihr vorbei, die Arme ineinander verschränkt, nur Augen für einander. Warum dachte sie immer noch an Liebe? Und an die Tatsache, dass ihre Eltern diese Worte zwar oft zu ihr gesagt, aber nie wirklich gemeint hatten? Sie hatten ihr nie irgendeine Art von Liebe gezeigt.

Mein Gott, sie wurde hier ganz melancholisch wegen einer abgedroschenen Phrase. Sie ließ die Schultern hängen und schob die trübsinnigen Gedanken beiseite. Als sie weiter die Straße entlangging, fotografierte sie die dicht aneinandergedrängten Gebäude und die leuchtenden Farben des nächtlichen Marktes vor ihr. Neonlichter leuchteten, und die bunten Stände boten allerlei Krimskrams an.

Bevor sie den Markt erreichte, hielt sie am Eingang einer Gasse an. Sie richtete ihre Kamera aus. Hier unten befand sich die dunklere, feuchtere und schmutzigere Schattenseite der Stadt. Kein schöner Ort und keine ausgelassene Stimmung, aber er gehörte ebenfalls zum Leben.

Ihre Fotografie gab ihr alles, was sie brauchte. Sie benötigte keine bedeutungslosen Worte. Sie brauchte nichts, außer der Kamera in ihren Händen. Genau damit hatte sie die Macht, alles zu dokumentieren, Liebe, Hass, Freude, Verzweiflung ... jede Emotion zu erleben und einzufangen, ohne sich jemals davon verletzen zu lassen. Ohne zuzulassen, dass sie etwas davon in winzige, schmerzhafte Stücke zerriss.

Jemand rempelte sie an.

Sie dachte, es sei ein Tourist, der nicht aufgepasst hatte, wohin er ging, und drehte sich lächelnd um.

Der zweite Stoß traf sie härter und ließ sie in der dunklen Gasse zu Boden stürzen. Als sie mit Händen und Knien über den schmutzigen Beton schürfte, spürte sie einen weiteren Hieb. Ihre Kamera baumelte von dem Riemen um ihren Hals und schlug gegen ihr Kinn.

Das Nächste, was sie mitbekam, war, dass jemand nach ihrer Kamera griff und kräftig daran zerrte. Der Riemen grub sich schmerzhaft in ihren Hals.

Ein Raubüberfall. *Unmöglich.* Sie stemmte sich dagegen und versuchte, wegzukriechen. Keiner nahm ihr ihre Kamera weg.

Sie blickte auf. Der Mann, der sie angriff, trug ein dunkles Tuch, das den größten Teil seines Gesichts verdeckte, so dass sie nicht erkennen konnte, wie er wirklich aussah. Er folgte ihr und griff sie erneut an.

Mit einem Aufschrei wich Dani seinen greifenden Händen aus und stemmte sich hoch. Als sie ihr Gleichgewicht wiedergefunden hatte, hob sie ihre Hände und drehte sich um, um sich zu verteidigen.

Der Mann holte aus und versuchte erneut, ihre

Kamera zu erwischen. Dani ließ sich von ihrem Instinkt leiten. Sie hatte mehrere Selbstverteidigungskurse absolviert. Sie trat zu und zielte zwischen die Beine des Mannes. Aber er war schnell und wich im letzten Moment aus. Trotzdem gelang ihr ein harter Tritt in seinen Oberschenkel und sie hörte ihn aufstöhnen.

Aber er erholte sich rasch, und seine dunklen Augen richteten sich jetzt direkt auf sie.

Er bewegte sich schnell, packte sie an den Schultern und schleuderte sie herum. Ihr Rücken prallte gegen eine Ziegelwand und alle Luft entwich aus ihren Lungen. Er ballte eine Hand zur Faust und Dani kämpfte darum, von ihm wegzukommen.

Verdammt noch mal. Das würde wehtun.

Dann wurde er plötzlich nach hinten gezogen.

Dani fiel verwirrt auf die Knie. Eine Sekunde lang dachte sie, die Schatten der Unterwelt hätten ihn gepackt. Erst jetzt sah sie die Silhouette eines großen, muskulösen Mannes in der Dunkelheit. Er hatte ihren Angreifer fest gepackt.

Der Möchtegern-Dieb wurde hart gegen die Wand des Gebäudes geschleudert. Dann versetzte ihr Retter dem Mann einen harten Schlag ins Gesicht.

Die Männer rangen miteinander und drehten sich. Der Angreifer ließ eine Reihe wilder, unkoordinierter Schläge los, aber der größere Mann konterte mit kräftigen, gezielten Hieben.

Sie rangelten noch ein wenig, dann riss sich der Angreifer plötzlich los und sprintete durch die dunkle Gasse davon.

Dani kam gerade wieder auf die Füße, als ihr Retter sich zu ihr umdrehte.

Der blaue Blick von Cal Ward traf ihren.

CAL REICHTE Dani die Hand und half ihr auf die Beine. „Alles okay bei dir?"

Sie sah wütend aus. In ihrem Gesicht war kein einziges Anzeichen von Angst zu sehen. Ein Lächeln voller widerstrebender Bewunderung umspielte seine Lippen.

„Ja, alles gut." Sie wischte sich den Staub von der Hose, dann hob sie ihre Kamera hoch und überprüfte sie. „Diese Kamera ist mit mir schon um die ganze Welt gereist, und es ist nicht das erste Mal, dass jemand versucht, sie mir zu stehlen. Wahrscheinlich wird es auch nicht das letzte Mal gewesen sein."

Cals Instinkte schrien ihn regelrecht an. Unter dem schwarzen Tuch des Mannes hatte er nicht viel erkennen können, aber der Kerl war konzentriert und zielstrebig vorgegangen. Er wirkte nicht wie ein dahergelaufener Dieb auf der Suche nach schnellem Geld.

„Ich hänge nicht einmal so sehr an dieser speziellen Kamera", fuhr Dani fort. „Ich bin nicht die Art von Fotografin, die ein Vermögen für eine Kamera ausgibt und sie wie einen Schatz behandelt. Ich wechsle das Gehäuse jedes Jahr aus." Sie zuckte mit den Schultern. „Ich wollte aber die Fotos, die ich bisher gemacht habe, nicht verlieren."

„Er hätte dich verletzen können."

Ihr Kinn hob sich und ihre Hände umklammerten die Canon. „Das ist meine und niemand nimmt sie mir weg." Dann zuckte sie zusammen. „Au."

Cal packte ihr Handgelenk und drehte ihre Handfläche um. Als er die wunden, blutenden Schrammen sah, wurde er sauer. Er schaute nach unten und sah, dass es ihren Knien nicht viel besser ergangen war – ihre Hose war aufgerissen. „Komm mit. Wir reinigen deine Wunden besser. Ich möchte mir gar nicht vorstellen, was alles in dem Dreck hier schwimmt."

Sie zog eine Grimasse. „Gutes Argument."

Cal nahm ihren Arm und führte sie zurück auf die belebte Straße. Als die Menge sie aneinanderdrängte, hielt er sie enger an seinen Körper gepresst. Er musste Darcy kontaktieren, damit sie sich diesen Angriff genauer ansah. Es gefiel ihm nicht, dass Dani überfallen worden war ... irgendetwas stimmte daran nicht.

Wenn die Seidenstraße hier herumschnüffelte, war das keine gute Nachricht. Er runzelte die Stirn. Es musste ein Zufall gewesen sein. Die Seidenstraße würde sich nicht für eine Tempelruine interessieren. Mit Ruinen war auf dem Schwarzmarkt nicht viel Geld zu machen.

Als er ein Tuk-Tuk entdeckte, winkte er es heran. „Ich habe einen Erste-Hilfe-Kasten im Hotel."

Sie setzten sich in den offenen Wagen, der an ein Motorrad angehängt war. Cal gab dem Fahrer die Adresse, und sie braussten los.

„Warum warst du hier?", fragte sie.

Er zuckte mit den Schultern. Er hatte gesehen, wie sie sich davongeschlichen hatte ... und verdammt, er war sich nicht einmal sicher, warum er ihr gefolgt war. „Ich habe dich weggehen sehen. Und ich bin auf dieser Expedition für deine Sicherheit verantwortlich."

Sie starrte ihn eine Sekunde lang an. „Ich passe schon sehr lange auf mich selbst auf."

„Nun, für die nächste Zeit wirst du das nicht tun müssen."

Das Tuk-Tuk schlängelte sich durch den Verkehr und sie stießen immer wieder aneinander. Sie starrte ihn noch etwas länger an, bevor sie den Kopf wegdrehte, um über die Seite des Fahrzeugs hinauszuschauen.

Sie wirkte distanziert, sogar ein wenig hart, aber die Art und Weise, wie sie ihre Kamera hielt, deutete darauf hin, dass sich hinter dieser harten Schale etwas Wärmeres und Sanfteres verbarg.

Sie drehte die Kamera herum, und der Bildschirm auf der Rückseite flackerte auf. Sie begann, durch ihre Aufnahmen zu blättern. Cal beugte sich vor und sah zu, wie sie sie studierte und hier und da ein paar Geräusche von sich gab. Wenn es um ihre Arbeit ging, sah er, wie sie aufblühte.

Eine Aufnahme von Angkor Wat ließ ihm den Atem stocken. Verdammt, sie war wirklich gut. Eine andere zeigte die belebte Straße, die sie gerade hinter sich gelassen hatten. Er schüttelte den Kopf. Jemand, der eine belebte, überfüllte, schmutzige Straße zauberhaft aussehen lassen konnte, besaß verdammt viel Talent.

Dann sah er eine Aufnahme von sich selbst. Er stand über die Karte im Hotel gebeugt, die Handflächen auf den Tisch gepresst. Verdammt, irgendwie hatte sie es geschafft, ihn wie einen General aussehen zu lassen, der gerade eine Schlachtstrategie plante. Sie hatte seine gerunzelte Stirn und die Intensität in seinem Blick eingefangen. Er sah zu ihrem Gesicht auf. Irgendwie hatte sie das Gewöhnliche mit einem einzigen Foto in etwas Ungewöhnliches verwandelt.

Das Tuk-Tuk vollführte wieder ein abruptes Manöver und sie stießen erneut mit den Schultern zusammen. Sie zog sich sofort von ihm zurück.

„Du magst mich nicht", stellte er nüchtern fest.

Sie zuckte mit den Schultern. „Ich kenne dich nicht. Aber du erinnerst mich an meinen Bruder."

„Autsch."

Ein schwaches Lächeln. „Du siehst nicht aus wie er." Sie zeigte auf die Kamera. Diesmal war es eine Aufnahme, auf der er Darcy auf dem Tablet anlächelte. Dani blätterte weiter und zeigte ihm ein Foto von ihm mit Gemma, die sich gegen seine Seite lehnte. „Joshua ist schlank, immer elegant gekleidet und hat sehr zarte Hände." Sie sah auf Cals Hände hinunter, bevor sie einen Blick auf seine abgetragene Cargohose warf. „Joshua würde sich nie in so etwas Unstylischem blicken lassen. Er bevorzugt Designer." Ihr Blick wanderte hinauf zu Cals Gesicht. Eine gewisse Erregung durchzog ihren Ausdruck, bevor sie den Blick abwandte. „Joshua ist ein Playboy. Tritt damit in die Fußstapfen meines Vaters."

„Ach ja?"

Danis Lächeln verschwand. „Mein Vater ist auf Ehefrau Nummer fünf aus. Sie ist sogar noch jünger als ich. Ich glaube, Joshua ist bei Verlobter ... Nummer drei. Ich habe irgendwann den Überblick verloren."

„Ich kann dir versichern, dass ich noch nie verheiratet oder verlobt war", erwiderte Cal.

„Aber du liebst Frauen. Alle Frauen. Du spielst mit deinem Charme."

„Ja, das tue ich." Er starrte sie an und plötzlich dämmerte es ihm. „Darcy ist meine Schwester."

Danis Hände erstarrten an ihrer Kamera. „Oh."

„Ich genieße eben gern das Leben, Dani." Er deutete zu ihrer Kamera. „Und verstecke mich nicht hinter anderen Dingen. Es gibt zu viele beschissene Situationen im Leben, also lohnt es sich, ein paar gute zu genießen, wenn man kann."

Das Tuk-Tuk hielt an. Cal beugte sich vor und bezahlte den Fahrer. „Komm, lass uns diese Wunden reinigen."

Dani stieg aus. „Ich kann mich schon selbst darum kümmern."

Cal legte seine Hand um ihren Arm. „Ich habe nicht gesagt, dass du es nicht kannst. Das ändert aber nichts an der Tatsache, dass ich deine Verletzungen versorgen werde. Das Letzte, was ich brauche, ist, dass du eine Infektion bekommst, während wir im Dschungel sind."

Sie seufzte und folgte ihm. Sie hielten erst bei seinem Zimmer an, wo Cal seinen Erste-Hilfe-Kasten holte, dann folgte er ihr den Flur hinunter zu ihrem Zimmer.

Sie schloss ihre Tür auf und schaltete das Licht ein. Sofort ging sie zu einem offenen Koffer auf dem Tisch und legte ihre Kamera vorsichtig hinein.

Das Zimmer war ähnlich wie seines. Glänzende Holzböden, ein einfaches Himmelbett aus dunklem Holz mit weißen, hauchdünnen Tüchern verhangen. An den

Wänden hingen gerahmte kambodschanische Kunstwerke, und über ihrem Bett befand sich ein atemberaubendes Foto von Angkor bei Sonnenuntergang. Eine cremefarbene Keramikwanne stand frei am Fenster. Eine glorreiche Sekunde lang stellte er sich vor, wie sie darin lag – nur schlanke Beine und zarte Schultern sichtbar über dem Seifenschaum.

Sie ging in das angrenzende Badezimmer und drehte das Wasser im Waschbecken an, um sich die Hände zu waschen. Der Schmerz ließ sie zusammenzucken.

Er ging ebenfalls hinein und drängte sie dadurch gegen das Waschbecken. Sofort konnte er spüren, wie sie sich versteifte. Tja, sie war wohl doch nicht so unbeeindruckt von ihm, wie sie es ihm weismachen wollte. Er machte einen Waschlappen nass und stellte dann das Wasser ab.

„Setz dich aufs Bett."

Sie warf ihm einen verärgerten Blick zu, tat aber, was er sagte, und ließ sich auf das Bett sinken. Cal kniete sich vor ihr nieder und öffnete den Erste-Hilfe-Kasten. Er nahm eine ihrer Hände, drehte sie um und untersuchte die Verletzung an ihrer Handfläche. Die Wunden waren nicht tief, mussten aber trotzdem höllisch wehtun. Er fing an, über ihre aufgeschürfte Haut zu wischen.

Cal hatte bereits vermutet, dass ein Mann für Danis Schutzpanzer verantwortlich war. Und er wusste, dass er damit richtig gelegen hatte, nur nicht ganz so, wie er ursprünglich gedacht hatte. „Du stehst deiner Familie wohl nicht nahe?"

Sie zuckte mit den Schultern. „Die sind mit ihren Ferien, Partys, Designerklamotten, dem Betrug an ihren aktuellen Partnern, Affären und Sex beschäftigt. Das ist alles so … niveaulos."

Cal griff nach ihrer anderen Hand. Sie hatte lange, schmale Finger, und ihre Nägel waren kurz geschnitten. „Du denkst, Sex ist niveaulos?"

„Ja. Gott, ich bin damit aufgewachsen, dass sich meine Eltern wie Karnickel verhalten haben." Sie verzog das Gesicht. „Ich habe meine Mutter mit dem Poolboy erwischt, als ich acht war. Meinen Vater mit der besten Freundin meiner Mutter, als ich zwölf war. Meinen Bruder mit meiner minderjährigen Freundin, als ich vierzehn war. Mein Bruder entschied sich für die Methode ‚Wenn du sie nicht davon abhalten kannst, dann mach eben mit'." Dani zuckte mit den Schultern. „Ich habe keine Zeit für Sex. Es ist zu viel verschwendete Zeit und Mühe und man hat nicht wirklich viel davon."

Cal sah auf. „Sex muss nicht niveaulos sein. Und wenn man ihn richtig macht, hat man sogar sehr viel davon." Er ließ seine Hand an ihrem Handgelenk entlanggleiten und fühlte das Pochen ihres Pulses. „Die Hände sind versorgt. Ich muss mich jetzt um deine Knie kümmern. Dafür musst du deine Hose ausziehen."

Er hatte errötende Wangen und ein Zögern erwartet. Er hätte wissen müssen, dass sie ihn überraschen würde.

Sie stand einfach auf und öffnete die Knöpfe an ihrer Hose. Der Stoff fiel zu ihren Füßen auf den Boden. „Ich glaube nicht, dass ich von dir einen Rat in Sachen Sex mit Niveau annehmen werde."

Sie setzte sich zurück aufs Bett. Ihre Beine wahren schlank und trainiert, zweifellos hatten ihre Reisen sie in guter Form gehalten. Ihre Bluse verdeckte ihren Schoß, und verdammt, wenn es Cal nicht in den Fingern juckte, den Stoff aus dem Weg zu schieben.

Er ließ seine Hand an ihrer Wade entlanggleiten. Als er ihr Knie erreichte, schnappte er sich den Lappen und machte sich an die Arbeit, alles ordentlich zu reinigen.

„Es geht doch darum, zu genießen. Sich Zeit zu nehmen, um herauszufinden, was man selbst und der andere mag." Er schob seine andere Hand hinter ihr Knie und berührte ihre zarte Haut dort. Ihr würziges, sexy Parfüm machte es nicht leichter für ihn. Die Frau roch wie die pure Sünde. „Ich wette, es ist so ähnlich wie bei einem perfekten Foto. Man muss sich Zeit nehmen, lernen, was funktioniert und was nicht. Und bei jeder Person, die man fotografiert, ist es eben ein wenig anders." Behutsam reinigte er ihre Wunde. „Jeder Mensch ist ein Individuum und empfindet Freude an anderen Dingen."

„Oh." Ihre Stimme klang ein wenig atemlos. „Und ich dachte, du wärst die Sorte Kerl, die es immer nur nach dem Motto ‚rein-raus' macht."

„Du stellst immer nur Vermutungen über mich an." Dann grinste er. „Aber hart, schnell und schweißtreibend ... das kann manchmal auch Spaß machen." Er sah, dass sich ihr Brustkorb jetzt ein wenig schneller hob und senkte.

„Du meinst, du bist also nicht so, wie du auf den ersten Blick zu sein scheinst?"

„Keiner von uns ist das. Ich dachte, du verstehst das besser als jeder andere. Ich glaube, durch deine Linse siehst du Dinge, die die Leute nicht sehen wollen."

Sie beobachtete ihn mit einer Mischung aus Neugier,

Verlangen und Misstrauen. Verdammt, Cal wollte sie verdammt gern küssen. Wollte sie rücklings auf das große Bett drücken und herausfinden, wie er sie dazu bringen konnte, seinen Namen zu schreien.

Doch dann erschallte ein lautes Lachen aus dem Flur, das diesen magischen Moment zerstörte. Cal lehnte sich zurück und stand auf.

Dani Navarro war nicht oberflächlich und einfach. Sie war eigensinnig und intensiv ... Eigenschaften, die er mied.

Er räusperte sich. „Wir müssen morgen früh aufbrechen. Du solltest dich jetzt besser etwas ausruhen."

Sie nickte. „Danke fürs Doktorspielen."

Eine freche Antwort lag ihm schon auf der Zunge, aber er schluckte sie hinunter. „Ich lasse dir die antiseptische Creme und Verbandszeug hier. Benutze das morgen früh."

„Aber natürlich."

Verdammt. Warum musste sie so verdammt attraktiv aussehen, wie sie da mit ihren nackten Beinen saß? Und dieses sündhafte Parfüm ... es stieg im zu Kopf.

„Schlaf gut."

„Du auch."

Er schloss ihre Tür hinter sich. Ja, er würde schlafen können ... nach einer kalten Dusche.

DARCY WARD STARRTE auf das Bild ihres Bruders auf dem Computerbildschirm. „Cal, bist du dir da sicher? Ein schwarzes Tuch über das Gesicht gezogen?"

„Ich habe mit ihm gekämpft, Darcy. Aus nächster Nähe und höchstpersönlich. Es war ein schwarzes Tuch, und der Typ war definitiv hinter Danis Kamera her. Er hat sie verprügelt, um sie zu bekommen."

Verdammt! Das war nicht gut. Darcy tippte auf ihrer Tastatur. „Das ist die übliche Vorgehensweise der Seidenstraße. Ihre Schläger tragen immer eine schwarze Maske oder ein schwarzes Tuch."

Ihr Bruder stieß einen Fluch aus. „Es könnte trotzdem immer noch ein Zufall gewesen sein. Ein schwarzes Tuch allein reicht nicht aus."

„Willst du dieses Risiko eingehen?"

Ihr Bruder seufzte. „Nein."

„Und Dani geht es gut?"

„Nur Schrammen und blaue Flecken. Ich habe ihr geholfen, die Wunden zu versorgen." Er lächelte. „Sie hat gekämpft wie ein Soldat."

Darcy hielt inne und betrachtete Cals attraktives Gesicht. Da lag etwas in seiner Stimme, während er über die Fotografin sprach. „Du magst sie."

Cal gab einen abwertenden Laut von sich. „Die Frau ist so unnahbar wie ein Kaktus. Sie hat eine völlig verkorkste Familie ... sie würde eher einen Mann schlagen als ihn küssen." Ein finsterer Blick. „Oder ein Foto ohne seine Erlaubnis machen."

Hmm, das klang interessant. Darcy lehnte sich in ihrem Schreibtischstuhl zurück. Cal war daran gewöhnt, dass sich die Frauen geradezu um ihn rissen.

Doch im Moment musste sie sich darauf konzentrieren, Informationen über die Seidenstraße zu finden.

„Cal, haben die Archäologen irgendwelche wertvollen Artefakte erwähnt, die mit diesem verlorenen Tempel in Verbindung stehen?"

„Der Tempel ist einem magischen Stein geweiht, der die Form eines Penis hat."

Darcys Lippen zuckten. „Hmm. Nun, vielleicht ist die Seidenstraße darauf scharf."

Cal erwiderte ihr Lächeln. „Wenn du etwas herausfindest, ruf mich an."

„Das werde ich." Sie schaute auf die Uhr und berechnete den Zeitunterschied. „Du solltest etwas schlafen. Sei vorsichtig, wenn ihr morgen in den Dschungel aufbrecht."

Cal nickte ihr zum Abschied zu, und der Bildschirm verdunkelte sich.

Darcy machte sich an die Arbeit, um herauszufinden, ob es irgendeine Verbindung zwischen der Seidenstraße und Kambodscha gab. Während Cal ins Bett ging, fing ihr Tag gerade erst an. Sie beugte sich über ihren Computer und machte sich an die Arbeit. Der Morgen ging nahtlos in Mittag über. Nach einem kurzen Essen mit Declan und Layne machte sich Darcy wieder an die Arbeit.

Gott, Dec und Layne waren wie füreinander geschaffen. Ihren ältesten Bruder so glücklich zu sehen, war erstaunlich. Wenn sie Cal jetzt nur dazu bringen könnte, es auch endlich ruhiger angehen zu lassen. Er war ständig auf Klettertouren oder fuhr Rennen. Er behauptete, er lebe das Leben in vollen Zügen, aber das Tempo war erst so schnell geworden, nachdem sein bester Freund Marty gestorben war.

Der Tod seines Freundes hatte Cal gezeichnet. Und

jetzt hörte der Mann nicht mehr auf – er war geradezu süchtig nach Adrenalin und Geschwindigkeit.

Ein Summen ertönte. Ihre Fingernägel klickten über die Tasten, als sie die Informationen auf einem der Bildschirme an der Wand aufrief.

Es war ein verschwommenes Bild einer großen Rothaarigen. Das Gesicht der Frau war unkenntlich, aber offenbar war es eines der wenigen bestätigten Fotos einer Frau namens Raven. Kein Nachname.

Sie wurde verdächtigt, Verbindungen zur Seidenstraße zu haben. Und sie war vor zwei Wochen in Kambodscha gelandet.

Darcy strich sich übers Kinn. Das gefiel ihr ganz und gar nicht. Sie führte einige weitere Recherchen durch. Wer war diese Raven-Frau? Welche „Verbindungen" zur Seidenstraße hatte sie? Und warum war sie ausgerechnet jetzt in Kambodscha?

Darcy brauchte dringend Antworten.

Plötzlich blinkte eine Warnung auf dem Bildschirm auf: *Unberechtigter Zugang.*

Was zum Teufel? Stirnrunzelnd nutzte sie ihre nicht ganz so legalen Hacker-Fähigkeiten, um die Beschränkungen zu umgehen. Der Computer piepte erneut und eine roboterhafte Stimme sagte: „Warnung. Jemand hackt sich in das System ein. Warnung."

Alle Bildschirme an der Wand wurden schwarz.

Nein. Mit klopfendem Herzen beugte sie sich über ihre Tastatur und ihre Finger rasten darauf umher. Darcys Liebe zu Computern und Hackern hatte schon als schüchternes Kind begonnen. Sie war gut. Verdammt gut sogar.

Und niemand hackte sich in ihr System ein.

Sie gab Befehle ein und fluchte.

Ein einziger Bildschirm flimmerte plötzlich auf. „Ms. Ward, sprechen Sie so etwa auch in Gegenwart Ihrer Mutter?"

Sie starrte auf den Bildschirm und der Schock raubte ihr den Atem. „Special Agent Burke. Meine Mutter hat mir diese Schimpfwörter sogar beigebracht." Wut durchströmte Darcy. „Wie können Sie es wagen, mein System zu hacken! Das ist ein Eingriff in die Privatsphäre ..."

„Beruhigen Sie sich." Sein teilnahmsloser Gesichtsausdruck war das Einzige, was sie davon abhielt, ihn als gut aussehend zu bezeichnen. Aber mit seinen laserscharfen grünen Augen, dem Dreitagebart auf seinem Gesicht und den kurzen braunen Haaren konnte man nicht leugnen, dass Agent Burke trotzdem verdammt attraktiv war.

Verfluchter Kerl.

Denn Darcy war normalerweise zu sehr damit beschäftigt, seine herablassende, arrogante Art zu kritisieren, um sich Gedanken über sein Aussehen zu machen.

„Sie haben sich Zugang zu sensiblen Informationen in einem Fall verschafft. Sie hätten uns verraten und dadurch unsere Ermittlungen gefährden können ..."

„Ich gebe einen Scheiß auf die Ermittlungen des FBI." Burke leitete dort die Abteilung für Kunstkriminalität, die auf Kunst- und Antiquitätendiebstahl spezialisiert war. „Mein Bruder befindet sich in einem Einsatz, und wenn die Seidenstraße hinter ihm her ist, werde ich ihm helfen, wie ich nur kann."

Agent Burke runzelte die Stirn. „Declan?"

„Nein, Callum." Sie zögerte und überlegte, wie viel sie ihm verraten sollte. Er mochte sie zwar mit seiner selbstherrlichen Art auf die Palme bringen, aber manchmal war er ihnen sogar behilflich. Wenn er nicht gerade damit beschäftigt war, ihnen in die Quere zu kommen. „Er arbeitet für das Angkor Archäologie-Projekt in Kambodscha. Sie werden demnächst im Dschungel unterwegs sein, um die Ruinen eines unentdeckten Tempels am Phnom Kulen zu erforschen."

Burkes Gesicht wurde ernster. „Kambodscha."

„Genau das habe ich gerade gesagt", erwiderte sie verärgert.

Er murmelte etwas vor sich hin und sah dabei hin- und hergerissen aus.

Sie beugte sich vor. „Was wissen Sie?"

„Darcy, eine Gruppe von Söldnern der Seidenstraße ist gerade in Kambodscha gelandet."

Darcy erstarrte. „Um dort eine Frau namens Raven zu treffen?"

Sein Blick verfinsterte sich. „Das ist richtig. Sie ist die Anführerin. Sie war früher beim russischen Geheimdienst und ist skrupellos. Sie müssen Cal warnen, sich von ihr fernzuhalten."

„Was will sie?"

„Ich weiß es nicht genau. Ich weiß nur, dass sie im Dschungel auf der Jagd nach einem wertvollen Artefakt ist."

Das war nicht gerade sehr konkret. „Nun, Cal ist nicht hinter einem Artefakt her. Das muss wohl ein Zufall sein."

„Ich glaube nicht an Zufälle", entgegnete Burke.

Darcy auch nicht. „Ich werde Cal warnen." *Und ich werde Verstärkung für ihn organisieren.* Sie fasste sich ein Herz. „Danke." Okay, das klang normal. Überhaupt nicht gestelzt.

Schockierenderweise huschte ein schwaches Lächeln über das ernste Gesicht von Agent Burke. „Ein Wort, das ich von Ihnen nie zu hören geglaubt habe."

Sie zog die Nase kraus. „Sie könnten es einfach annehmen, anstatt sofort wieder unhöflich zu werden."

„Ah, und da ist schon wieder Ihre scharfe Zunge."

„Ich werde jetzt abschalten." Sie machte eine abweisende Handbewegung. „Sagen Sie Ihrem Team von FBI-Hackern, dass sie gut sind. Ich bin beeindruckt, dass sie es geschafft haben, in mein System einzudringen."

Burkes Lächeln wurde breiter. „Kein Team. Das war ich selbst."

Sie blinzelte. „Was?"

„Ich habe ein wenig geübt."

Der Bildschirm wurde schwarz und er war einfach weg. Eine Sekunde später schalteten sich alle Bildschirme wieder ein und ihr System kehrte in den Normalzustand zurück. Darcy starrte einen Moment lang auf den Bildschirm und konnte sich sein zufriedenes Gesicht nur zu gut vorstellen.

Dann schüttelte sie den Kopf. Sie musste diese neuen Informationen sortieren und Cal kontaktieren.

Eine Truppe der Seidenstraße befand sich in seiner Nähe und sie musste ihn unbedingt warnen.

KAPITEL VIER

N ach dem Frühstück trat Dani nach draußen in die frühe Morgensonne. Der Rest des Teams war bereits mit dem Beladen der Fahrzeuge beschäftigt. Ein Gefühl der Vorfreude lag in der Luft.

Sie entdeckte Cal sofort, und das ließ sie innehalten.

Letzte Nacht, nachdem er sie verlassen hatte, hatte sie noch lange wach im Bett gelegen und nicht einschlafen können. Sie hatte an ihn gedacht und an die Dinge, die er gesagt hatte. Wie er in dieser Gasse gekämpft hatte – konzentriert und tödlich. Wie sich seine schwieligen Hände auf ihrer Haut angefühlt hatten, wie er sich um ihre Verletzungen gekümmert hatte, die Lebendigkeit in seinen Augen, während er sie beobachtet hatte.

Okay, das war nicht alles, woran sie gedacht hatte. Sie hatte sich in allen Einzelheiten gefragt, wie er wohl ohne Kleidung aussah. Sie presste sich eine Hand auf die Stirn und rieb sie. Da sprach nur die Fotografin in ihr. Es juckte sie, ihn zu fotografieren. Nur das war es.

Sie seufzte. Sie war so schlecht darin, sich selbst zu belügen.

„Okay, Leute, wir müssen los." Cal klopfte auf die Motorhaube seines Jeeps. „Wir werden ein paar Stunden brauchen, um zum Phnom Kulen zu kommen. Sam wird diesen Wagen nehmen, und die meisten von euch können mit ihm fahren. Mein Fahrzeug ist voll mit der zusätzlichen Ausrüstung, die wir brauchen, also habe ich nur noch Platz für einen weiteren Passagier."

„Okay, ich werde dann mit dir fahren, Cal", strahlte Gemma.

Dani hängte sich ihren Rucksack über die Schulter, ihr Kiefer war angespannt, und sie kam langsam die Treppe herunter.

Sam drängte sich vor. „Gemma, ich wollte mit dir auf der Fahrt einige der Scans besprechen."

Das Lächeln der Archäologin verblasste und sie atmete tief durch. „Oh ... na gut." Sie zwinkerte Cal zu. „Tut mir leid. Nächstes Mal gehöre ich ganz dir."

Als Dani die Fahrzeuge erreichte, hatte der Rest des Teams bereits Sams Jeep belegt. So blieb ihr nur noch der Platz bei Cal.

Sie öffnete die Tür auf der Beifahrerseite.

Cal grinste sie von der anderen Seite des Wagens an. „Gut geschlafen?"

„Wie ein Baby."

„Ich dachte immer, dass Babys viel schreien und häufig aufwachen."

Sie runzelte die Stirn. „Wie viele Babys hast du denn schon persönlich um dich herum gehabt?"

Sie sah einen leicht panischen Ausdruck auf seinem Gesicht. „Äh ... nicht viele."

Dani stieg in den Wagen. Während sie ihre Kamera in den Schoß legte und ihre Tasche auf dem Boden abstellte, kletterte Cal auf den Fahrersitz. Sie warf einen Blick über ihre Schulter und betrachtete die ordentlich gestapelten Kisten und Taschen.

Cal startete das Fahrzeug. „Dann wollen wir mal."

Sie fuhren langsam durch das gerade erwachende Siem Reap. Ab und zu machte Dani ein Foto von etwas, das ihr Interesse weckte, aber das Licht war noch nicht hell genug, um gute Aufnahmen zu machen. Bald waren sie aus der Stadt heraus und von Feldern umgeben. Die Sonne war inzwischen vollständig aufgegangen und warf ein goldenes Licht auf die Kokospalmen, die spindeldünnen Holzhütten und die unter Wasser stehenden Reisfelder.

Cals Hände umfassten das Lenkrad mit Leichtigkeit und lenkten mit entspanntem Vertrauen. Es waren kräftige Hände, gezeichnet von ein paar Schrammen und Narben. Dani hatte schon immer Hände geschätzt, die von einem gut gelebten Leben zeugten.

„Da ist Phnom Kulen in der Ferne", sagte Cal.

Dani sah weit vor ihnen den langen, blauen Schatten einer Bergkette. „So sehen also die meisten deiner Jobs aus? Du ziehst los in ein Abenteuer und wanderst durch Dschungel und Wüsten?"

Er drehte den Kopf. „Meistens. Wir werden auch für die Sicherung von Museumsausstellungen angeheuert, also bekomme ich manchmal Jobs in der Zivilisation.

Aber meine Fähigkeiten sind am besten für Expeditionen wie diese hier geeignet."

„Deine geheimen Navy SEAL-Fähigkeiten?"

Ein Aufblitzen weißer Zähne. „Ja. Ich kann dir aber nicht sagen, was die genau sind, sonst müsste ich dich töten. Denn das ist geheim."

Sie rollte mit den Augen. „Dieses Klischee ist schon so ausgelutscht. Fallen Frauen etwa immer noch darauf herein?"

„Entgegen deiner Vorstellung verbringe ich nicht meine ganze Freizeit in Bars, um Frauen aufzureißen. Wenn ich nicht gerade im Einsatz bin, bin ich normalerweise in Denver. Ich mag Klettern, Fallschirmspringen, einfach alle Arten von Extremsport."

„Du bist also auch noch ein Adrenalin-Junkie."

Er grinste. „Ich fahre eben gern schnell. Und wenn ich eine Frau treffe, die etwas Zeit mit mir verbringen möchte, gehe ich gern darauf ein. Ich sage ganz offen, dass ich nicht auf der Suche nach einer langfristigen Beziehung bin. Das ist Ehrlichkeit, Dani. Wäre es dir lieber, ich würde eine Frau anlügen?"

Dani rutschte auf ihrem Sitz hin und her. „Ich glaube, das ist nur eine Ausrede, die bindungsängstliche Männer benutzen, um Beziehungen zu vermeiden."

„Ich habe Beziehungen. Ich habe eine Familie, die sich immer in mein Privatleben einmischt. Ich arbeite sogar mit meinen Geschwistern zusammen, also ist es manchmal wirklich schwer, sie zu meiden."

Dani legte den Kopf schief. Sie hörte die Wärme und Zuneigung in seiner Stimme. „Stehst du deiner Familie nahe?"

„Ja. Mein Bruder und meine Schwester sind gemeinsam mit mir Inhaber von Treasure Hunter Security, so dass ich sie fast jeden Tag sehe. Auch unseren Eltern stehen wir alle sehr nahe."

Dani konnte sich nicht vorstellen, wie sich das anfühlte. „Muss schön sein."

Er schnaubte. „Oh, sicher, vor allem, wenn sie mir wegen irgendetwas die Hölle heiß machen. Persönliche Grenzen bedeuten meiner Mutter oder meiner Schwester rein gar nichts. Beide lassen mich gern wissen, was sie denken, und zwar ohne Punkt und Komma."

Dani fragte sich, wie es wohl gewesen wäre, eine Mutter zu haben, die sie nicht ständig vergaß. „Klingt trotzdem nett. Deine Mutter ist sicherlich ... einzigartig."

Er lachte. „Das ist ein treffendes Wort für sie. Zum Glück ist mein Vater der ruhige, geduldige Typ. Sie gleichen sich gegenseitig aus."

„Er ist Professor, richtig?"

Cal nickte. „Dr. Oliver Ward. Professor für Geschichte an der Universität von Denver. Sie sind seit fast vierzig Jahren verheiratet, haben drei Kinder großgezogen, widmen sich immer noch ihren Karrieren und sind wahnsinnig ineinander verliebt."

Dani konnte das nicht ganz glauben. „Und das ist nichts, was du willst?"

„Eines Tages vielleicht." Er blickte wieder in ihre Richtung. „Du bist also auch viel unterwegs?"

Sie nickte. „Ich liebe es zu reisen. All die verschiedenen Länder, Kulturen und Menschen. Am glücklichsten bin ich mit meiner Kamera in der Hand und einem schönen Tempel vor mir."

„Ist das nicht manchmal einsam?"

„Wie kann ich einsam sein, wenn so viele Menschen um mich herum sind?" Sie schaute aus dem Fenster. Sie wollte sich nicht eingestehen, dass es Zeiten gab, in denen sie sich sogar mitten in einer Menschenmenge allein fühlte und es ihr vorkam, als würde sie niemand bemerken.

„Es ist leicht, sich in einer Menge einsam zu fühlen." Finger strichen über Danis Ohr und Wange.

Sie warf ihm einen vernichtenden Blick zu. „Behalte deine Hände bei dir, Ward."

Er hob seine Hand. „Ich wette, du benutzt diesen coolen, leicht genervten Blick, um die Männer dazu zu bringen, auf Distanz zu bleiben. Irgendwie gefällt mir das."

Sie verdrehte die Augen.

„Das habe ich gesehen." Er grinste sie an und holte dann tief Luft. „Verdammt, ich mag auch, wie du riechst. Würzig, sexy, sinnlich ... das passt so gar nicht zu deinem kratzbürstigen Auftreten. Das bringt mich auf ganz andere Ideen."

Dani legte ihren Kopf zurück auf die Kopfstütze und schwor sich, ihr Parfüm zu wechseln. „In Ordnung ... lass es uns einfach aussprechen. Wir fühlen uns zueinander hingezogen."

„Dani, hingezogen ist ein wirklich milder Ausdruck dafür."

Sie drehte sich zu ihm und wünschte sich, er würde nicht so sexy aussehen, mit diesem Lächeln im Gesicht und den blauen Augen, die nur so funkelten. „Es wäre ein Fehler, sich darauf einzulassen. Ich bin hier, um Fotos zu machen. Du bist hier, um dein Sicherheitsding zu machen. Wir haben keine Zeit für so etwas."

„Ich mache gern Fehler. Vor allem, wenn sie so gut duften."

Sie seufzte. Der Kerl war einfach unverbesserlich.

„In solchen Situationen hat mein Freund Marty immer gesagt, man solle sich einfach zurücklehnen und die Fahrt genießen."

„Was macht Marty jetzt?"

Cals Lächeln verschwand und seine Hände umklammerten das Lenkrad.

Sie spürte die schmerzhafte Stille der Trauer in der Enge des Fahrzeugs. Sie senkte ihre Stimme. „Cal …?"

„Tot. Er ist tot."

Da sein Tonfall ihr signalisierte, dass er nicht darüber reden wollte, nahm sie ihre Kamera und begann, einige Fotos von der Landschaft zu machen.

Je näher sie Phnom Kulen kamen, desto schmaler und holpriger wurden die Straßen. Sie ließen die Felder hinter sich, und die Straße verengte sich zu einem Pfad, der von üppigem, grünem Gras gesäumt war. Je höher sie kamen, desto dichter wurde der Dschungel um sie herum und desto mehr Furchen und Schlaglöcher gab es auf dem Weg.

Nach einer Stunde bog Cal von diesem Holperpfad auf einen anderen ab. Die Bäume wuchsen hier hoch, Lianen hingen von ihnen herab und tauchten die Gegend in ein gedämpftes Licht. Vor ihm tat sich eine freie Fläche auf, und Cal brachte das Fahrzeug zum Stehen. „Wir sind da."

„Wo genau ‚da'?"

„Srah Damrei, auch Elefantenteich genannt. Ein Srah oder ein Baray war eine Konstruktion der Khmer. Ein rechteckiges Wasserreservoir."

„Ich sehe kein Wasser."

„Nicht mehr. Aber schau mal dort." Er deutete durch die Windschutzscheibe.

In diesem Moment sah Dani, was er meinte. Die riesigen Statuen eines Elefanten und mehrerer Löwen, die sich aus dem Dschungelboden erhoben.

„Wow." Sie griff nach ihrer Kamera und stieß mit der anderen Hand ihre Tür auf.

Cal packte sie am Arm. „Geh nicht zu weit weg. Dies ist zwar ein Touristenziel, also musst du dir wahrscheinlich keine Sorgen um Landminen machen ... aber es gibt vielleicht andere Gefahren."

Sie salutierte. „Zu Befehl, General."

„Ich war Commander." Er packte ihr Handgelenk und bewegte ihre Hand, bis ihre Finger fast ihre Stirn berührten. „Und so salutiert man richtig."

Er hatte sich zu ihr gelehnt und jetzt waren ihre Körper eng beieinander. Er beanspruchte viel zu viel von ihrem persönlichen Raum. Seine schwieligen Finger berührten ihre Haut und ließen ihr Herz einen Schlag aussetzen.

Er wurde still. „Dani ... du solltest mich besser nicht so ansehen."

Sie stieß einen Atemzug aus. „Verdammt, ich kann gar nicht anders, als dich ständig anzusehen."

Seine Augen blitzten auf, und seine Hand glitt weiter, um ihr Kinn zu umfassen.

Zischend stieß sie Luft durch die Zähne aus. „Gestern konnte ich meine Anziehung zu dir noch auf mein Adrenalin zurückführen."

„Sagst du immer die Wahrheit?"

„Ja. Ich hasse Lügen und Heuchelei."

Seine Finger legten sich fester um sie. „Ich werde dich nicht anlügen, Dani." Sein Mund bewegte sich näher an sie heran, schwebte über ihrem. „Jetzt lass uns einen wirklich großen Fehler machen."

Sie versuchte, dagegen anzukämpfen, aber das Verlangen, die Begierde und dieses Knistern zwischen ihnen machten sie willenslos. „Verdammt noch mal." Sie umfasste seinen Hinterkopf und zog seine Lippen zu sich heran.

O Gott. Es war genau so, wie sie es sich vorgestellt hatte, wie sie es wollte. Heftig, leidenschaftlich und verlangend.

Seine festen Lippen bewegten sich über ihre, seine Zunge glitt in sie hinein, um ihren Mund zu beherrschen. Das Blut rauschte durch ihren Kopf, Sehnsucht loderte heiß und intensiv zwischen ihren Schenkeln auf. Sie legte alles in den Kuss, ihre Hand glitt in sein Haar.

Er stöhnte und seine Hände bewegten sich auf ihrer Haut. Dann zog er sich zurück. „Gott."

Sie starrten sich eine Sekunde lang an, und dann schloss der andere Jeep neben ihnen auf.

„Das ist ein großer Fehler, Navarro", sagte Cal.

„Ja."

Er berührte ihr Haar. „Ich möchte wissen, wie meine Hände aussehen, wenn ich dich an deinem Pferdeschwanz packe, während ich dich ficke."

Sie stieß einen zittrigen Atemzug aus. „Die anderen

steigen schon aus dem Wagen."

Cal ließ sie immer noch nicht los. Sie verharrten und starrten sich in die Augen.

Erst das Aufheulen weiterer Motoren brachte ihn dazu, sie loszulassen und sich wieder zurückzulehnen. Dani warf einen Blick aus dem Fenster und sah, wie Motorräder auf den Platz fuhren.

Sie stieg aus und sah zu, wie Cal den örtlichen Führern die Hand schüttelte. Verdammt, der Mann war so stark. So gefährlich.

Sie schaute sich um, bis ihr Blick an dem steinernen Elefanten in der Nähe hängenblieb. Er war fast lebensgroß und mit Moos bedeckt. In dem gedämpften Licht sah er wunderschön aus. Sie zückte ihre Kamera und machte sich an die Arbeit.

Bald beruhigten sich ihre Gefühle und ihr Puls. Sie fühlte sich wieder ruhig, trotz der brütenden Hitze des Dschungels, und machte mehrere Fotos von dem Elefanten und dann noch von den Löwen.

Sie sahen so unglaublich aus, wie sie sich aus dem Grün des Dschungels erhoben. Welche anderen Wunder erwarteten sie noch auf dieser Expedition?

Sie spürte jemanden neben sich und entdeckte Cal. Er beobachtete sie, die Hände in die Hüften gestemmt, ein leichtes Lächeln auf den Lippen.

„Man ist in seiner eigenen Welt, wenn man Fotos macht."

Sie nickte. „Besonders, wenn ich so tolle Motive habe." Sie berührte sanft den kühlen Stein des Elefanten. „Er ist unbeschreiblich."

„Die Motorräder sind alle mit unserer Ausrüstung

beladen. Wir sind bereit, loszufahren."

Als die anderen näherkamen, wandte sich Cal an die Gruppe. „Okay, lasst mich euch unsere Führer vorstellen." Er nannte ihre Namen und Sakada half beim Übersetzen. Ein paar der Führer sprachen gebrochenes Englisch. „Wir werden jetzt alle aufteilen", erklärte Cal. „Jeder von euch wird mit einem Führer auf einem Motorrad fahren."

„Gott sei Dank", seufzte Gemma. „Ich wollte nicht wirklich selbst so ein Ding fahren."

Dani betrachtete die einfachen Motorräder und sah dann, wie Cal sein eigenes Motorrad von der Ladefläche des Jeeps zog. Sie warf einen Blick auf die versammelte Gruppe. „Das sind nur fünf Führer." Und der Rest des Teams saß schon hinter ihnen auf den Motorrädern.

Cal lächelte sie an. „Du fährst mit mir."

CAL STIEG auf das Motorrad und startete den Motor. Er warf einen Blick über die Schulter zu Dani.

Ihr Gesichtsausdruck, während sie das Motorrad anstarrte, brachte ihn fast zum Lachen. „Ich verspreche, dass ich ein guter Fahrer bin."

Mit einem resignierten Seufzer hängte sie sich den Riemen ihrer Kamera um den Hals und zwängte sich zwischen die festgeschnallte Ausrüstung und ihn. „Warum bin ich nicht überrascht?" Sie sah sich um. „Woran soll ich mich festhalten?"

„An mir."

Er hörte, wie sie etwas vor sich hinmurmelte, und

dann legten sich ihre Arme um seine Taille. Sie rutschte hin und her, machte es sich bequem, und Cal musste zugeben, dass es wirklich nicht das Schlechteste war, Dani Navarro so eng an sich gepresst zu spüren. „Bereit?"

„So bereit, wie ich nur sein kann."

Cal schaute sich nach den anderen um und sah, dass die Führer die letzte Ausrüstung festgeschnallt hatten. Er gab dem Hauptführer, einem Mann namens Arn, ein Zeichen. Dann ließ Cal den Motor aufheulen und sie fuhren los.

Zunächst war der Weg, dem sie folgten, gut ausgefahren und schlängelte sich durch die Bäume des Dschungels hindurch. Goldenes Licht fiel durch die Baumkronen.

Sie fuhren weiter, und bald wurde die Strecke holpriger. Sie überquerten klapprige Holzbrücken, und ein paarmal wich der Dschungel kleinen Farmen. Einen kurzen Moment lang blendete sie helles Sonnenlicht, dann wurden sie wieder vom Dschungel verschluckt.

Als Dani sich an das Motorradfahren gewöhnt hatte, spürte Cal, wie sie sich hinter ihm entspannte. Bald hielt sie sich nur noch mit einer Hand an ihm fest, während sie mit der anderen ihre Kamera anhob, um zu versuchen, Fotos zu machen. Er schüttelte den Kopf. Das war keine wirkliche Überraschung.

Als sie eine weitere kleine Farm durchquerten, entdeckte er einen nicht besonders großen Erdhügel direkt vor ihnen. Er beschloss, dass es lange genug ruhig und gemütlich zugegangen war, und steuerte direkt darauf zu. „Halt dich fest", rief er.

Ihre Arme legten sich fest um ihn. Er nutzte den Hügel als Sprungschanze und sie flogen durch die Luft und landeten mit einem harten Aufprall.

Hinter ihm lachte Dani begeistert auf. Ihr Mund streifte sein Ohr. „Noch mal."

Schon bald war der Weg wild mit Vegetation verwachsen. Dies war ein Ort, an den sich nur noch wenige Menschen wagten. Cal gab Arn ein Zeichen, dass sie eine Pause machen sollten.

Die Motorräder kamen zum Stillstand. Cal stellte seine Stiefel auf den Boden. „Wir machen hier eine kurze Pause. Nehmt euch ein Getränk und einen Snack. Vertretet euch die Beine."

Dr. Oakley kletterte von seinem Motorrad und presste die Hände in seinen unteren Rücken. Mit einem Stöhnen dehnte er sich nach hinten. „Vielleicht werde ich zu alt für solche Abenteuer."

„Sie wollen doch den Tempel entdecken, nicht wahr?" Jean-Luc stupste den anderen Mann mit einem Lächeln an.

Oakley nickte. „Ja. Ja."

Cal sah in den Augen aller Archäologen denselben eifrigen, hungrigen Blick, den er bei jeder Expedition, an der er teilnahm, immer sah. Diejenigen, die in dieser Branche arbeiteten, waren im Herzen alle Abenteurer.

In wenigen Augenblicken kramten die anderen schon in ihren Rucksäcken herum und förderten Wasserflaschen und Müsliriegel zutage. Die lokalen Führer setzten sich und aßen ihre mitgebrachte Mahlzeit.

Dani machte natürlich Fotos.

Er ging ein paar Schritte auf sie zu. „Nimm die Gelegenheit wahr, auch einen kleinen Snack zu essen."

„Jawohl, Commander." Diesmal salutierte sie perfekt vor ihm.

„Du lernst schnell."

Sie setzte sich unter einen Baum und öffnete ihren Rucksack. „Und vergiss das nur nicht."

Auf einem umgestürzten Ast in der Nähe nahm Cal eine Bewegung wahr. Etwas Grünes.

Seine Instinkte erwachten. Er sprang vorwärts und warf Dani zu Boden. Eine Sekunde später war er wieder auf den Beinen und zerrte sie mit sich davon.

„Was zum Teufel?", keuchte sie.

Er drehte sie herum und hielt sie immer noch in seinen Armen. „Schau."

Als sie die hellgrüne Schlange entdeckte, keuchte sie auf.

Das Tier glitt von dem Ast, auf dem Dani gerade noch gesessen hatte, und blickte mit ihren hellgelben Augen in ihre Richtung. Dann verschwand sie im Unterholz des Dschungels.

„Weißlippen-Bambusotter", erklärte Cal. „Hochgiftig. Bambusottern sind für verdammt viele Todesfälle in Kambodscha verantwortlich. Du musst hier draußen vorsichtiger sein."

Dani hob eine zittrige Hand und strich sich die Haare aus dem Gesicht. „Unglaublich, wie schnell du reagiert hast. Schlangen sind nicht gerade meine Lieblingstiere." Noch eine zweite Emotion huschte über ihr Gesicht. „Ich wünschte allerdings, ich hätte ein Foto davon machen können."

Cal sah sie ungläubig an. Er hatte noch nie eine Frau wie Dani Navarro getroffen.

Wenig später saßen alle wieder auf den Motorrädern und brausten weiter über die Dschungelpiste. Langsam wurden die Wege immer schmaler und die Vegetation immer dichter, so dass sie viel langsamer vorankamen. Lianen schlugen ihnen ins Gesicht und an einigen Stellen mussten Cal und die Führer anhalten, um mit Macheten einen Weg freizuschlagen.

Cal prüfte immer wieder auf Sams Karte die Lage der Tempelanlage. Sie waren in der richtigen Richtung unterwegs.

Augenblicke später hörte Cal Schreie und sah Dr. Oakley wild winken. Cal brachte das Motorrad zum Stehen.

Oakley war bereits losgesprintet und eilte zu etwas hinüber, das wie ein Steinhaufen in den Bäumen aussah.

In diesem Moment wurde Cal klar, dass es sich um Ruinen handelte.

„Sucht zuerst nach Schlangen", rief er noch.

Das Team hockte sich hin und untersuchte die moosbewachsenen Trümmer. Cal dachte, dass es sich wahrscheinlich um den Sockel eines Turms oder einer Statue handeln musste. Die Archäologen machten sich Notizen und berieten sich untereinander. Dani umkreiste sie und machte Fotos.

„Es gibt überall auf dem Berg Ruinen wie diese", erklärte Dr. Oakley. „Überreste von Mahendraparvata – unmarkiert und nie erforscht." Er strich mit einer Hand über einen der Steine. „Es ist schwer zu sagen, was das hier einmal war ... jetzt gehört es dem Dschungel."

Sam hielt sein Tablet hoch und zeigte die Karte auf dem Bildschirm. „Nun, der Tempel des Heiligen Linga ist ein Stück Geschichte, das wir uns zurückerobern werden."

Gemma stieß mit einer Schulter gegen den Mann. „Okay, Indiana Jones."

„Lasst uns weiterfahren", meinte Cal.

Sie stiegen wieder auf die Motorräder. Cal wartete, bis Danis Arm fest um ihn geschlungen war, und erst dann fuhr er an.

Sie presste sich an ihn und beugte sich vor, um ihren Mund an sein Ohr zu halten. „Ich gewöhne mich langsam an das Motorrad. Wann darf ich es fahren?"

„Niemals", rief er zurück.

„Bikes sind Männersache, was?"

„Nein, dieses Bike ist Cal-Sache. Ich bin ziemlich glücklich, so, wie es ist, mit deinem Körper so eng an meinem."

Er hörte sie schnauben.

Aber er hatte ihr nichts als die Wahrheit gesagt. Zu spüren, wie sie sich an ihn drückte, wie ihre Hände auf seinem Bauch ruhten ... das gefiel ihm sehr.

Es wurde immer schwieriger, auf dem schmalen Pfad zu fahren. Die Bäume wuchsen dicht nebeneinander und die Lianen machten den Dschungel noch undurchdringbarer. Bald hielten die Führer an und diskutierten angeregt auf Kambodschanisch.

Cal sah Sakada an. Der Archäologe runzelte die Stirn. Er rief dem Hauptführer ein paar Fragen zu, bevor er den Kopf schüttelte. „Sie sagen, sie fahren ab hier nicht mehr weiter. Der Pfad ist zu zugewachsen, selbst für die Motorräder schwierig." Das Stirnrunzeln des Mannes vertiefte sich. „Außerdem sagen sie, dass das Gebiet dahinter verflucht ist. Dort gibt es böse Geister, und niemand sollte es betreten."

Verdammt. Cal hatte gewusst, dass sie einen Teil des Weges zu Fuß zurücklegen würden müssen, aber er hatte gehofft, näher an den Ort des Tempels heranzukommen. Und er hatte schon zu viele Expeditionen mitgemacht, um sich mit den Einheimischen über ihren Glauben und ihre Traditionen zu streiten. Wenn die Führer nicht dorthin gehen wollten, würde er sie auf keinen Fall dazu zwingen.

Bis hierher war besser als nichts. „Danke ihnen, Sakada."

Es folgten weitere Gespräche.

Sakada nickte. „Sie werden ins nächste Dorf zurückfahren. Zwei von ihnen bleiben vor Ort. Sie werden die Motorräder für unsere Rückkehr bereithalten."

„Okay, Leute", rief Cal. „Von hier aus gehen wir zu Fuß weiter." Er löste seine Machete aus einer Halterung an der Seite seines Motorrads und schnappte sich seinen Rucksack. „Jeder wird seinen Rucksack und einen Teil der Ausrüstung tragen müssen. Ich empfehle, dass ihr euer Mückenschutzmittel großzügig benutzt. Wir haben nur noch ein paar Stunden Tageslicht. Also lasst uns aufbrechen."

Die Führer fuhren mit aufheulenden Motoren davon. Cal schnallte noch zusätzlich einige der leichten Zelte auf seinen Rucksack und schwang ihn sich auf seinen Rücken. Er vergewisserte sich, dass die anderen ebenfalls bereit waren, und begann dann, sich einen Weg durch den Dschungel zu bahnen. Als er das Klicken der Kamera hörte, blickte er hinter sich. Dani war in der Hocke und die Kamera verdeckte fast ihr ganzes Gesicht.

„Frag mich vorher", verlangte er von ihr.

Sie senkte die Kamera und sah zu ihm auf. „Darf ich dich bitte fotografieren?" Ihr Tonfall war zuckersüß.

Er senkte seine Stimme. „Nur wenn ich später auch ein Foto von dir machen darf." Die Fantasie von ihr, wie sie sich nackt auf einem der Himmelbetten im Hotel räkelte, schoss ihm durch den Kopf.

Ihr Ausdruck veränderte sich. „Nein."

Er bemerkte noch etwas anderes in ihrem Tonfall. „Warum nicht?"

Sie zuckte mit den Schultern und stand auf. „Bei den Fotos in meiner Familie ging es immer nur darum, im besten Sonntagskleid adrett dazustehen. Das führte unweigerlich dazu, dass ich meine Kleidung vorher beim Spielen schmutzig machte oder meine Haare durcheinander brachte. Meine Mutter war nie zufrieden." Dani hob die Kamera an: „Ich stehe lieber auf *dieser* Seite der Kamera."

Cal trat näher, so dass nur sie ihn hören konnte. „Ich könnte eine gute Aufnahme von dir machen. Und damit du dir keine Sorgen um schmutzige Kleidung machen musst, könntest du nackt auf Laken aus Seide liegen. Ich glaube, das würde dir sehr gut stehen."

Ihre Lippen öffneten sich, dann schüttelte sie den Kopf. „Dschungel und Machete, Ward. Darauf solltest du dich konzentrieren."

Mit einem Lachen tat er es. Cal hatte die Machete schon zu oft benutzt, um noch mitzuzählen, und fiel schnell in seinen üblichen Rhythmus, Lianen und das Grünzeug wegzuhacken, um ihnen einen Weg zu bahnen. Jean-Luc und Sakada erwiesen sich ebenfalls als ziemlich gut im Umgang mit der Machete. Obwohl sie nicht mehr so schnell unterwegs waren wie auf den Motorrädern, kamen sie dennoch gut voran und drangen immer tiefer in den dichten Dschungel ein. Ab und zu kamen sie an Trümmerhaufen oder verwitterten Statuen vorbei. Hinweise auf die Überreste der verlorenen Stadt, die unter der Vegetation ruhten.

„Das macht dir wohl Spaß." Dani hatte wieder zu ihm aufgeschlossen.

Cal hielt inne und strich sich mit dem Arm über die schweißnasse Stirn. „Besser, als in einem Kriegsgebiet zu sein."

„Ein SEAL ... war das hart?"

„Der Krieg ist hart." Sein Magen verkrampfte sich. „Ich habe einige gute Freunde verloren."

„Wie deinen Freund Marty?"

Sein Magen verkrampfte sich. „Ja. Wie Marty."

„Es tut mir leid." Sie hielt inne. „Du sagtest, dein Bruder war auch ein SEAL?"

„Ja. Dec hat sich eine Kugel eingefangen, ist aber ansonsten ungeschoren davongekommen."

„Ich schätze, für die Sicherheit von Archäologen zu sorgen, selbst auf abgelegenen Expeditionen, ist ungefährlicher als das, was du vorher gemacht hast."

Cal grunzte. „Sollte man meinen. Allerdings hat Dec vor ein paar Monaten bei einem Auftrag auch wieder eine Kugel abbekommen. Er wäre fast verblutet."

Dani blinzelte. „Ich dachte, Artefakten hinterherzujagen, wäre weniger gefährlich, als gegen böse Jungs zu kämpfen."

„Normalerweise schon. Manche Jobs sind geradezu langweilig. Aber Dec war bei einem Job in Ägypten und hat sich mit ein paar Grabräubern angelegt."

Er sah, wie sich Danis Augen weiteten. „Die Entdeckung von Zerzura? Das war dein Bruder?"

„Ja."

„Oh, ich würde alles dafür geben, um dort zu fotografieren. Eine verlorene, unterirdische Oase in der Wüste ... ich kann nur erahnen, welche Aufnahmen ich dort machen könnte." Ihr Mund verzog sich. „Sie lassen noch niemanden hinunter. Ich habe es versucht."

„Es ist ziemlich beeindruckend."

Sie hielt an. „Du warst auch schon dort?"

Gott, ihr Gesichtsausdruck. „Ich war mit unserem Team dort, um Dec und Layne, die Archäologin, die bei ihm war, zu retten."

Um ehrlich zu sein, hatte Cal der alten Stadt, die aus den Felswänden der unterirdischen Oase herausgemeißelt worden war, nicht wirklich viel Aufmerksamkeit geschenkt. Er war zu sehr damit beschäftigt gewesen, Decs Leben zu retten. Das Leben seines Bruders hatte an einem seidenen Faden gehangen und er wäre beinahe an einer Schusswunde verblutet.

Cal hackte weiter an den Lianen. Allein die Gedanken an seinen Bruder, blutig und mehr tot als lebendig, erinnerten Cal an den Freund, den er nicht hatte retten können.

Plötzlich traf seine Klinge mit einem Klirren auf Felsen.

Neben ihm keuchte Dani auf. Er streckte die Hand aus und schob die Lianen zur Seite.

Eine steinerne Statue starrte sie an.

Die siebenköpfige Schlange erhob sich wie eine Kobra. Die Statue war größer als Cal, und sie war stark verwittert.

„Wunderschön", staunte Dr. Oakley. Er war ein wenig außer Atem, Schweißperlen standen ihm auf der Stirn. „Eine Naga. Die Kambodschaner glauben, dass sie aus der Vereinigung eines Brahmanen mit der Tochter eines Naga-Königs hervorgegangen sind."

Cal schob weitere Lianen zurück. „Dahinter ist eine weitere Statue."

Danis Kamera klickte, während sie eine Aufnahme nach der anderen machte. Cal runzelte die Stirn. Er konnte nicht erkennen, was zum Teufel die andere Statue sein sollte. Irgendeine Art von Monster.

Hinter ihnen traten die anderen Archäologen näher.

„O mein Gott", hauchte Gemma. „Das sieht aus wie eine Makara."

Sakada nickte. „Ja, definitiv eine Makara."

Cal entschied, dass das Ding wie ein Elefant mit Fischschwanz aussah. „Was ist das?"

Sakada sah ihn direkt an. „Ein Seeungeheuer. Normalerweise halb Landtier, wie ein Elefant oder Krokodil, mit dem Schwanz eines Fisches oder einer Robbe."

Dr. Oakley trat vor, ein aufgeregtes Leuchten in seinen Augen. „Die Makara galt als Wächterin eines Tores oder einer Schwelle." Er lächelte. „Wir nähern uns dem Tempel."

KAPITEL FÜNF

Dani hielt inne und steckte eine neue Speicherkarte in ihre Kamera. Sie hatte schon so viele fantastische Aufnahmen gemacht. Der Dschungel war ein wunderbarer Ort. Sie liebte das Gefühl des wimmelnden Lebens überall um sie herum. Es entschädigte sie für die schwüle Hitze, die hohe Luftfeuchtigkeit und die Scharen an Moskitos.

Aber sie merkte, dass das Licht langsam schwand. Bald wäre Schluss für heute.

Sie schob einen Zweig aus ihrem Gesicht. Beim Wandern war man dem Dschungel und seiner Tierwelt zweifelsfrei ganz nah. Obwohl sie zugeben musste, dass sie auch gern auf dem Motorrad saß. Okay, vielleicht gefiel es ihr auch einfach, eng an Cal gedrückt zu sein. Die Wärme seines Rückens an ihr zu spüren, die harte Muskulatur an seinem Bauch unter ihrer Hand zu fühlen.

Sie schüttelte den Kopf. Sie sollte sich besser wieder

auf ihre Arbeit konzentrieren und sich nicht in einem wilden Tagtraum der Lust verlieren.

Aber während sie ihn beobachtete, wie er die Machete schwang, wie ihm der Schweiß von den Schläfen tropfte und den Ausschnitt seines Shirts immer mehr durchnässte, musste sie sich doch eingestehen, dass er ihr langsam sympathisch wurde.

Mit einem tiefen Seufzer wandte Dani ihre Aufmerksamkeit dem Rest der Gruppe zu. Dr. Oakley sah müde, aber entschlossen aus. Sakada sah aus, als erlebte er hier gerade die beste Zeit seines Lebens. Jean-Luc und Gemma wirkten ein wenig erschöpft, waren aber immer noch gut drauf. Sam sah aus, als ob er lieber woanders wäre.

Dann schrie Gemma vor Aufregung, und die anderen Archäologen stürmten in ihre Richtung.

Dani drehte sich um und sah die Stelle, wo sich eine Art Turm in den Bäumen erhob.

Er erinnerte sie stark an die Türme in Angkor, aber dieser hier war komplett von einem Baum umwachsen. Sie machte ein paar Aufnahmen davon und verfluchte das schwindende Licht.

Jean-Luc hockte sich an den Sockel und kratzte einige der abgestorbenen Pflanzen weg. Dr. Oakley umkreiste ihn und sprach mit Gemma und Sakada. Dani machte Fotos von ihnen als Gruppe und dann einzeln. Ihre Gefühle standen ihnen allen deutlich in die Gesichter geschrieben. Es gefiel ihr, so unterschiedliche Menschen zu sehen, die durch eine gemeinsame Leidenschaft miteinander verbunden waren.

Cal stand einfach nur da und sah ihnen zu, die Spitze

seiner Machete auf den Boden gelehnt. „Macht nur das Nötigste, denn wir können nicht lange bleiben. Das Tageslicht schwindet bald."

Dr. Oakley nickte. „Danke, Cal. Wir müssen nur ein paar Fotos machen und das hier dokumentieren." Er lächelte und die Müdigkeit verschwand aus seinem Gesicht. „Das ist ein Hinweis auf den Linga-Tempel."

Cal nickte. „Ich sehe mich mal etwas um. Keiner geht zu weit weg."

Dani verlor sich in ihrer Arbeit – nur noch das leise Surren ihrer Kamera und das gedämpfte Licht des Dschungels. Sie blendete die Stimmen der Archäologen aus und schenkte ihnen keine Beachtung mehr. Sie umrundete den zerfallenen Turm und dachte an die Menschen, die ihn vor langer Zeit erbaut und angebetet hatten.

Sie entfernte sich ein wenig von den anderen und umrundete die Rückseite der Ruine, wobei sie über verschlungene Baumwurzeln stolperte. Dann hörte sie ein Geräusch und runzelte die Stirn. Zuerst konnte sie es nicht richtig einordnen und setzte ihren Weg um die verwitterten Steine herum fort.

Dani traute ihren Augen kaum. Sam hatte Gemma gegen die Steinwand des Turms gepresst. Der Techniker hatte seine Hände auf den Hintern der Archäologin gelegt, und Gemma hatte ihre Hände in Sams geöffneter Hose.

„Äh ... Tut mir leid." Dani wich einen Schritt zurück.

Sam zuckte zusammen, als ob er einen Stromschlag abbekommen hätte. Mit weit aufgerissenen Augen fuhr er sich mit der Hand über den Mund. „Ähm ... ich mache mich besser wieder an die Arbeit. Dr. Oakley wollte, dass ich noch Nahaufnahmen von den Felsgravuren mache."

Gemma sah völlig unbeteiligt aus und ließ sich Zeit, ihre Bluse wieder ordentlich in ihre Hose zu stecken. Sie schenkte Dani ein Lächeln. „Ich stehe auf jüngere Männer. Sie sind so ... energiegeladen und enthusiastisch." Ihr Lächeln wurde noch breiter. „Sie stolpern beinahe über sich selbst, um alles zu tun, was ich von ihnen verlange."

Dani gab ein, wie sie hoffte, angemessenes Geräusch von sich.

„Natürlich hätte ich nichts dagegen, jemanden zu verführen, der so sexy und gefährlich ist wie Cal. Ein Mann wie er bringt eine Frau auf Ideen."

Ein unangenehmes Gefühl durchfuhr Dani und mit den Händen umklammerten sie ihre Kamera.

Gemma rückte das Band in ihrem Haar zurecht. „Diese älteren, erfahrenen Kerle bringen dagegen etwas ganz anderes auf den Tisch." Jetzt zwinkerte Gemma ihr zu. „Oder sollte ich sagen, ins Bett ... oder sogar gleich in eine Tempelruine."

Dani konnte nicht anders, als aufzulachen.

„Aber ich verstehe schon, dass die jungen Kerle langsam nicht mehr so sehr an mir interessiert sind." Gemma ging auf Dani zu. „Und Callum Ward ist von meinen Reizen nicht angetan." Sie blieb stehen, Schulter an Schulter mit Dani. „Du musst dir diesen harten Körper schnappen, Mädchen, jeden Zentimeter davon erkunden und ihn dann bis zur Erschöpfung auskosten."

Danis Atem stockte. „Ich stehe nicht wirklich auf unverbindlichen Sex."

Gemmas Augenbrauen zogen sich hoch. „Brauchst du dafür einen Ring am Finger?"

„Nein. Aber schon eine Art von Verpflichtung ...“

Gemma schüttelte den Kopf. „Dani, es ist nichts Falsches daran, wenn eine starke, sexuell aktive Frau sich das nimmt, was ihr guttut. Wenn du also meinen Rat willst ...“

„Eigentlich nicht, aber ich habe das Gefühl, dass du ihn mir trotzdem geben wirst.“

Gemma grinste. „Ja. Lebe dein Leben jetzt. Vor allem, wenn es so aussieht wie Callum Ward.“

Die Archäologin ging weg und Dani atmete tief durch. Sie neigte ihre Kamera und blätterte auf dem Display durch ihre Aufnahmen, bis sie eine von Cal fand. Er stand ganz aufrecht, sexy Bartstoppeln überzogen sein Gesicht, sein Shirt war schweißnass, und er hielt die Machete in der Hand. Und die intensive Konzentration in seinen Augen ...

Mit einem Kopfschütteln trat Dani vorsichtig über die vom Turm gefallenen Steine. Sie musste noch ein paar Aufnahmen von der Ruine und dem Team machen, bevor sie weitermarschierten.

Sie war erst ein paar Schritte weit gekommen, als ihr jemand eine Hand auf den Mund drückte. Panik und Adrenalin durchfluteten sie. Sie stieß einen Ellbogen zurück und hörte einen Mann aufgrunzen.

Im Bruchteil einer Sekunde reagierte sie, holte erneut mit dem Ellbogen aus und drehte sich herum. Ihn zu treten, gelang ihr nicht, also konzentrierte sie sich darauf, seinen Griff zu brechen. Sie schlug ihre Arme fest nach unten.

Er fluchte in einer Sprache, die sich wie Russisch anhörte, und sie sah dunkles Haar und dunkle Augen. Und ein schwarzes Tuch, das über sein Gesicht gezogen war.

Er gab noch einen weiteren Laut von sich – diesmal einen verärgerten – und schlang dann seine Arme fester um sie, so dass ihre Hände an den Seiten eingeklemmt waren. Dann begann er, sie zurück zu den Bäumen zu ziehen.

Dani kämpfte weiter. Sie schlug ihren Kopf rücklings in sein Gesicht.

Mit einem Aufjaulen ließ er sie los. Sie wollte sich schon umdrehen, um ihm einen ernsthaften Schlag zu verpassen, als Cal an ihr vorbeigestürmt kam.

Seine Faust traf den Mann seitlich am Kopf. Der Typ konterte, aber Cal war vorbereitet, blockte seinen Schlag ab und landete einen weiteren harten Treffer in seinem Nacken. Der Angreifer grunzte, dann wirbelte er herum und stürmte unvermittelt auf Cal zu.

Die Arme des Mannes schlossen sich um Cals Mitte und beide Männer stürzten zu Boden. Dabei stießen sie mit Dani zusammen und sie fiel vornüber auf ihre Hände und Knie, so dass verrottende Blätter an ihren Fingern kleben blieben.

Sie rappelte sich auf, wobei ihre Kamera gegen ihre Brust stieß. Hastig drehte sie sich um und sah Cal und ihren Angreifer auf dem Boden ringen.

Keiner von ihnen machte viel Lärm, und es war klar, dass sie beide zu kämpfen wussten. Cal landete einen brutalen Hieb gegen den Arm des Mannes. Der Mann holte mit der Faust zum Gegenschlag aus, aber Cal bewegte sich schnell wie eine Schlange und wich ihm aus. Dani versuchte, das Gesicht des Angreifers zu erkennen, aber das Tuch verdeckte das meiste davon. Er war nur ein wenig kleiner als Cal, aber stämmiger und ebenso muskulös.

Cal verpasste dem Mann einen Tritt in die Eingeweide, woraufhin der Mann nach hinten stolperte. Cal holte aus, und mit zwei weiteren harten Schlägen fiel der Mann auf die Knie und sackte dann bewusstlos zu Boden.

Der Kampf war vorbei.

Cal holte Kabelbinder aus einer seiner Taschen und fesselte den Mann. „Alles klar?" Cal hockte sich neben Dani und berührte ihr Gesicht.

Sie nickte. „Es geht mir gut. Dank dir."

„Es sah so aus, als kämst du auch ganz gut allein zurecht." Er ergriff ihre Hand und half ihr auf die Beine. Dann blickte er zurück zum Turm. „Wir müssen zu den anderen gehen. Du musst dich ruhig verhalten. Ich glaube, es da draußen lauern noch mehr von seiner Sorte."

Ihr Magen krampfte sich zusammen. Noch mehr von seiner Sorte? „Wer zum Teufel sind die?"

Cals Gesicht verhärtete sich. „Ich habe da einen Verdacht."

Dani folgte Cal, während sie die Ruine umrundeten. Sie fragte sich, wie zum Teufel er sich so leise bewegen konnte. Seine Schritte waren lautlos, während sie bei jedem ihrer Schritte das Knacken von Zweigen und das Rascheln von Blättern unter ihren Stiefeln hörte.

Plötzlich hielt er inne und hob eine Hand. Sie

erstarrte direkt hinter ihm, ihre eigene Hand gegen den kühlen Felsen des Turms gepresst. Das Geräusch einer Unterhaltung drang an ihre Ohren.

„Was wollen Sie?" Das war Dr. Oakleys angespannte Stimme.

Sie hörte ein Geräusch, das klang, als ob jemand geschlagen wurde. Dr. Oakley stieß einen Schrei aus und Dani hörte Gemmas Schluchzen.

„Mir geht es gut." Dr. Oakleys Stimme klang jetzt etwas gebrochener.

Cal ging in die Hocke und spähte um den Turm herum. Dani imitierte seine Bewegungen.

Sie unterdrückte ein Keuchen. Ihre Teammitglieder befanden sich alle auf den Knien und vier Männer, die alle schwarze Tücher über dem Gesicht trugen, standen um sie herum. Ein Mann leerte all ihre Rucksäcke und Taschen aus.

„Du bleibst hier." Cals Stimme war lediglich ein leises Flüstern. Er zog seine Waffe aus dem Holster an seiner Hüfte.

Dani schluckte. „Ich kann dir helfen."

„Nein." Seine Stimme duldete keinen Widerspruch. „Ich möchte, dass du hierbleibst. Das ist es, was mir helfen wird. Dann muss ich mir keine Sorgen um dich machen." Seine blauen Augen funkelten.

„Vier gegen einen, Cal. Das ist kein gutes Verhältnis."

„Ich habe schon Schlimmeres erlebt."

„Ich kann dir helfen."

„Nein."

„Doch."

„Verdammt", stieß er hervor. „Du bist so stur."

„Ich werde keine Dummheiten machen", versprach sie ihm.

„Hier." Er schnappte sich die Machete von seinem Gürtel und reichte sie ihr. „Wenn dir jemand in die Quere kommt, schlägst du damit nach ihm."

Dani hatte keine Ahnung gehabt, wie schwer das verdammte Ding war. Sie nickte.

Dann sah sie, wie sich Cals Gesichtsausdruck veränderte. Der sexy, lässige Charme schmolz dahin. Zurück blieb ein ernstes, entschlossenes Gesicht, das nur so schrie: „Leg dich nicht mit mir an."

Cal fasste plötzlich ihren Hinterkopf und zog sie nach vorne. Der Kuss war schnell und hart. „Pass auf dich auf." Dann drehte er sich um und schlich auf die Gruppe zu.

Dani folgte ihm, hielt sich im Hintergrund und kam ihm nicht in die Quere. Wenn er Hilfe brauchte, würde sie bereit sein.

Cal wirkte nicht gehetzt und sah nicht nervös aus. Bevor die Angreifer ihn bemerkten, hatte Cal seine Waffe bereits angehoben. *Peng. Peng. Peng.*

Ihre Augen weiteten sich. Mit nur drei Schüssen fielen drei der Männer mit den schwarzen Tüchern zu Boden und umklammerten ihre Schultern.

Schreie gellten durch die Nacht und Verwirrung brach aus. Die Archäologen sprangen auf. Cal stürmte vor und schlug dem letzten Angreifer den Kolben seiner Waffe in sein schockiertes Gesicht. Der Mann versuchte noch, sich zu wehren, aber nur eine Sekunde später lag er bereits bewusstlos auf dem Boden.

Dani kam jetzt auch dazu. Sie sah einen der Männer,

die Cal angeschossen hatte, nach seiner Waffe greifen. Sie rannte auf ihn zu und drückte die Spitze der Machete an den Hals des Mannes. „Das würde ich nicht tun."

Wütende, dunkle Augen funkelten zu ihr auf.

Sie griff nach unten, schnappte sich die Pistole und warf sie weg. Dann blickte auf und sah, wie Cal die anderen Männer durchsuchte und ihnen die Waffen abnahm. Er zog ein paar schwarze Kabelbinder aus seiner Tasche und machte sich daran, die Männer zu fesseln.

Sie blinzelte, während sie ihn beobachtete. Dies hier war der Mann in ihm, den sie bisher nicht kennengelernt hatte. Dies war der erfahrene, gut ausgebildete SEAL. Ein Mann, der ständig sein Leben riskierte, um andere zu schützen.

Er stand auf und ließ kurz seinen Blick über sie schweifen, bevor er zu den Archäologen schaute. „Geht es allen gut? Ist jemand verletzt?"

Sie sahen ein wenig mitgenommen aus. Sam hatte einen Arm um eine aufgewühlte Gemma gelegt. Jean-Luc half Dr. Oakley auf die Beine.

„Oakley?", fragte Cal. „Sie haben einen Schlag abbekommen."

Der ältere Archäologe winkte mit einer Hand ab. „Mir geht es gut. Nur ein bisschen empfindlich, das ist alles."

„Sind sich alle sicher, dass es ihnen gut geht?" fragte Cal erneut.

Das Team nickte.

„So wie du die Typen fertiggemacht hast ..." Sam schüttelte bewundernd den Kopf. „Du bist echt knall-hart, Mann."

„Knallhart ist mein Job, Sam."

Dr. Oakley räusperte sich. „Danke, Cal."

„Deshalb bin ich hier." Er drehte sich zu den Angreifern um. „Jean-Luc, Sakada, auf der anderen Seite des Tempels ist noch einer dieser Kerle gefesselt. Bringt ihn her." Cal blickte in die Richtung. „Er war vorhin noch bewusstlos. Ihr müsst ihn vielleicht tragen."

Jean-Luc nickte. „Wir werden ihn holen."

Cal wandte sich an ihre Angreifer. „Warum habt ihr uns angegriffen?"

Die Männer starrten alle stumm auf den Boden.

„Das sind Diebe, stimmts?", vermutete Gemma. „Auf der Suche nach schnellem Geld?"

„Das glaube ich nicht", erwiderte Cal in einem eiskalten Tonfall, bei dem sich Dani die Nackenhaare aufstellten. „Warum habt ihr uns angegriffen?"

Einer der Männer hob den Kopf und seine dunklen Augen funkelten. „Fick dich."

Cal ging in die Hocke und richtete seine Pistole auf ihn. „Für wen arbeitet ihr?"

Der Mann blickte angriffslustig über Cals Schulter. Dani spürte, wie sich ihr Magen zusammenzog. Sie hatte das Gefühl, dass es sich bei diesen Männern nicht um einfache Banditen handelte.

„Arbeitet ihr für die Seidenstraße?", fragte Cal.

Seidenstraße? Alles in Dani wurde kalt. Sie hatte von der Organisation gehört, vor allem von ihrem brutalen Angriff auf diese Ausgrabungsstätte in Ägypten, um selbst die Oase von Zerzura zu finden.

Der Mann stieß etwas in einer fremden Sprache aus.

Auch wenn sie nicht wusste, was es bedeutete, wusste sie, dass es ein Fluch war.

Cal seufzte. „Dann eben auf die harte Tour."

CAL STAPFTE durch den Dschungel und seine Gedanken wirbelten durcheinander.

Er hatte keinen Erfolg damit gehabt, ihre Angreifer zum Reden zu bringen. Sie hatten geschwiegen und nichts preisgegeben. Er hatte sie gefesselt und blutend zurückgelassen, aber das beruhigte seine Nerven kein bisschen.

Hinter dem Angriff steckte mehr. Da war er sicher. Er hatte versucht, Darcy zu kontaktieren, aber er hatte kein Glück, eine Satellitenverbindung herzustellen.

Dani erschien an seiner Seite. „Es wird bald dunkel."

„Ja. Wir werden in Kürze unser Lager aufschlagen."

„Du bist wütend."

Er holte tief Luft. „Ich wollte herausfinden, was diese Männer wirklich wollten."

„Du glaubst nicht, dass sie nur auf unsere Wertsachen aus waren?"

„Nein."

Sie seufzte. „Ich auch nicht."

Cal bemerkte etwas in ihrer Stimme. „Was?"

„Einer von ihnen ... ich bin mir ziemlich sicher, dass es derselbe Mann war, der mich in Siem Reap angegriffen und versucht hat, mir meine Kamera zu entreißen."

Scheiße. Cals Kiefer krampfte sich zusammen. Das

überraschte ihn nicht. „Ich muss meine Zentrale erreichen." Er würde auf einen Baum klettern, wenn es sein müsste.

„Glaubst du wirklich, dass sie zur Seidenstraße gehören?", fragte sie.

„Was weißt du über die Seidenstraße?"

„Nur das, was in der Presse stand."

„Ich weiß nichts Genaueres, aber die Seidenstraße ist gefährlich. Man sollte sich nicht mit denen anlegen."

Sie hatten eine kleine Lichtung erreicht. Das musste genügen. Er drehte sich zu den anderen um. „Wir werden hier unser Nachtlager aufschlagen. Sam, schlag etwas von dem Gestrüpp weg. Alle anderen, baut die Zelte auf. Esst etwas, ruht euch aus."

Als alle beschäftigt waren, holte Cal sein Satellitentelefon hervor. Er hatte eine fünfzigprozentige Chance, dass das Ding auf dieser Lichtung funktionieren würde. Dschungel und Satellitentelefone waren nicht gerade die besten Freunde.

Als er es einschaltete, zeigte es ein Signal an. Er gab die Nummer des Headquarters ein und wartete.

„Gott, Cal, ich habe schon den ganzen Tag über versucht, dich zu erreichen." Darcys besorgte Stimme erklang, ein wenig knackend, aber klar.

„Was ist los, Darcy?"

„Ich habe einen Anruf von *Agent Arrogante Nervensäge* erhalten."

Cal musste sich ein Lachen verkneifen. Darcys Abneigung gegen FBI Special Agent Alastair Burke, zuständig für Kunstkriminalität, war legendär. „Was hat er diesmal getan, dass du jetzt so sauer auf ihn bist?"

„Er hat geatmet", erwiderte sie gereizt. „Aber er hat mir auch ein paar Informationen gegeben. Er hat einen Treffer bei den Reisebewegungen einiger Leute gelandet, die sein Team zurzeit überwacht. Leute, von denen er vermutet, dass sie für die Seidenstraße arbeiten."

Cal biss die Zähne zusammen. Es sah tatsächlich so aus, als ob seine Instinkte richtig gelegen hatten.

„Vor achtundvierzig Stunden sind diese Leute nach Kambodscha eingereist. Ihr Boss, eine Frau namens Raven, ist seit zwei Wochen im Land. Burke hat mir gesagt, dass Gerüchte im Umlauf sind, dass sie hinter einem antiken Artefakt im Dschungel her sind."

Die Haare in Cals Nacken sträubten sich. „Scheiße, meine Gruppe wurde vor ein paar Stunden angegriffen. Niemand wurde verletzt ... außer den Angreifern. Sie haben versucht, wie normale Diebe auszusehen, die uns lediglich ausrauben wollten, aber ich wusste, dass mit ihnen etwas nicht stimmt."

„Cal, du musst vorsichtig sein." Er konnte hören, wie seine Schwester auf eine Tastatur tippte. „Haben deine Archäologen irgendwelche wertvollen Artefakte gefunden? Die Seidenstraße hat es nicht auf Steinstatuen und Tempelruinen abgesehen. Sie wollen seltene, einzigartige, unbezahlbare und vor allem mobile Artefakte."

„Nichts dergleichen. Sie suchen einen alten Tempel, der wahrscheinlich schon in sich zusammengefallen ist."

„Du brauchst Unterstützung." Mehr Tippgeräusche. „Ich kontaktiere gerade Logan und Morgan. Sie werden so schnell wie möglich vor Ort sein."

Abgesehen von Declan konnte sich Cal keine zwei Menschen vorstellen, die er in einem Kampf lieber bei sich wüsste. „Okay. Hoffentlich ist es nichts Ernstes. Dann war nur das Geld für ihre Flüge umsonst."

„Hoffentlich", wiederholte Darcy, aber der Zweifel in ihrer Stimme war unüberhörbar.

„Okay, Darcy, Süße. Ich muss auflegen."

„Pass auf dich auf, Callum. Und verpass nicht deinen nächsten Check-in-Termin. Wenn du auch nur eine Minute zu spät bist, schicke ich die Kavallerie."

„Verstanden."

Kurze Zeit später stand er mit dem Rücken an einem Baum, aß eine vorgekochte Mahlzeit und lauschte den Gesprächen der Archäologen. Sie hatten eine kleine, batteriebetriebene Laterne aufgestellt, um die sie sich versammelt hatten. Sie schienen sich von dem Angriff gut erholt zu haben.

Dani bewegte sich aus der Dunkelheit heraus. „Wow, es ist wirklich dunkel im Dschungel."

Cal nickte. „Du hast dich heute gut geschlagen, als wir angegriffen wurden."

„Danke."

Er packte ihren Arm. „Aber du hättest nicht mit mir diskutieren sollen. Du hättest auf mich hören und in Deckung bleiben sollen."

In dem schwachen Licht sah er, wie sich ihr stolzes Kinn hob. „Du kannst dir deinen Atem sparen."

Ja, er hatte sich gedacht, dass sie so etwas sagen würde. „Ich will nicht, dass du verletzt wirst."

Er spürte, wie sich die Anspannung in ihren Muskeln ein wenig lockerte. „Hatte deine Schwester irgendwelche Neuigkeiten?"

„Ja. Mehrere Söldner der Seidenstraße sind im Land

und suchen im Dschungel nach einem Artefakt. Sie sind Kunsträuber, die dafür bekannt sind, dass sie vor nichts zurückschrecken, um an wertvolle Schätze heranzukommen."

Sie war eine Sekunde lang still. „Was wollen die mit einer Tempelruine?"

„Das ist die Frage des Tages." Er richtete sich auf. „Du solltest dich etwas ausruhen. Wir haben morgen wieder einen langen Tag vor uns."

„Und du? Wirst du dich auch ausruhen?"

„Ich werde auch ein paar Stunden schlafen. Gute Nacht, Dani."

„Schlaf gut."

Er sah ihr hinterher, als sie wegging. Er hatte nicht vor zu schlafen. Er hatte vor, die ganze Nacht über Wache zu halten.

Wenn die Seidenstraße hier draußen und hinter seiner Gruppe her war, mussten sie an ihm vorbei, um an sie heranzukommen.

KAPITEL SECHS

Logan O'Connor saß an der Bar und trank ein Bier, während hinter ihm die Kugeln auf den Billardtischen klackten.

Jemand stellte sich neben ihn.

„Hallo, mein Hübscher. Suchst du etwas Gesellschaft?"

Er drehte sich um und betrachtete die Frau. Weibliche Kurven, eine wogende Welle aus braunem Haar und ein strahlendes Lächeln.

„Nein." Er hob sein Bier an.

Die Frau blieb hartnäckig und lehnte sich gegen die Bar. „Ach, komm schon. Jeder hat doch gern ein bisschen Spaß."

Ja, das war einmal. Einmal war er dumm genug gewesen, auf ein hübsches Gesicht und einen verführerischen Körper hereinzufallen. Es hatte ihn fast das Leben gekostet und einem guten Freund die Fähigkeit, zu gehen.

„Ich sagte nein", knurrte er.

ANNA HACKETT

Die Frau gab einen unwirschen Laut von sich. „Kein Grund, so unhöflich zu sein." Damit rauschte sie davon.

„Wieder eine, der du einen Korb gegeben hast." Morgan rutschte auf den Hocker neben ihm.

„Ich habe kein Interesse an so etwas."

„Weißt du, unter all deinem wilden und zotteligen Äußeren steckt irgendwo ein guter Mann. Eine gute Frau könnte deine rauen Kanten glätten."

Logan nahm einen weiteren langen Schluck von seinem Bier. Er war dankbar, dass er keine Schwestern hatte. Mit Morgan und Darcy hatte er mehr als genug Frauen, die sich in sein Leben einmischten.

„Wir könnten ja mal damit anfangen, dass du keinen Mann an deiner Seite hast."

Morgan schniefte. „Ich habe eben noch keinen gefunden, der mit mir mithalten kann."

Logan grunzte. Er spürte, wie sein Handy in seiner Tasche vibrierte, eine Sekunde bevor es zu klingeln begann. Er zog es heraus. „O'Connor."

„Logan, Gott sei Dank." Es war Darcys besorgte Stimme.

Logan schob sein Bier beiseite und richtete sich auf. „Was ist los?"

„Du und Morgan müsst zum Flughafen. Ich habe einen Flug für euch beide nach Kambodscha organisiert. Der Jet ist gerade an der Ostküste und holt Ronin und Hale ab."

Sie redete eine ganze Minute lang wie ein Wasserfall. „Beruhige dich. Atme erst einmal durch."

„Es geht um Cal. Er braucht Unterstützung. Seidenstraße ist in Kambodscha und sie haben seine Gruppe angegriffen. Es sind alle in Ordnung, aber er braucht euch."

So ein Mist. „Bist du dir sicher, dass es sich um die Seidenstraße handelt?"

Darcys Stimme wurde sauer. „Agent Klugscheißer hat mich kontaktiert. Er hat seine Informationen an mich weitergegeben. Wir haben noch keine Ahnung, worauf sie aus sind, aber Logan, ich habe ein ganz schlechtes Gefühl bei der Sache."

Logan nickte mit dem Kopf in Richtung Tür, und Morgan rutschte von ihrem Hocker. „Morgan ist bei mir. Wir fahren an unseren Wohnungen vorbei, packen schnell unsere Sachen und fahren dann sofort zum Flughafen." Augenblicke später schritt er über den Parkplatz der Bar zu seinem Wagen. „Keine Sorge, wir sind so schnell wie möglich da. Und Cal ist zäh, clever und schnell. Er kann der Seidenstraße immer einen Schritt voraus sein."

Er hörte Darcy schlucken. „Ich weiß."

Logan schloss seinen Wagen auf, stieg ein und startete den Motor. Morgan ließ sich auf dem Beifahrersitz nieder. „Darcy, mach du deine Arbeit. Halte ein Fahrzeug und Ausrüstung für uns bereit, wenn wir landen. Wir werden in den Dschungel gehen und Cal finden."

Sie holte tief Luft. „Ich weiß, dass du dir Sorgen machst. Du hast nicht einmal darüber gemeckert, in den Dschungel gehen zu müssen."

„Ich hasse Moskitos. Und die hohe Luftfeuchtigkeit ist auch ätzend."

Darcy stieß ein kleines Lachen aus. „Okay, okay, fang jetzt nicht damit an. Finde ihn."

Logan lenkte seinen Wagen vom Parkplatz weg. „Worauf du dich verlassen kannst."

CAL SCHLUG Lianen aus dem Weg. Er war heute Morgen zwar etwas müde, aber er war es gewohnt, ohne Schlaf auszukommen.

Die Archäologen waren nach einer erholsamen Nacht erfrischt aufgewacht und schienen den gestrigen Angriff gut verkraftet zu haben. Sie marschierten direkt hinter ihm und unterhielten sich angeregt.

Sie wussten, dass sie den Tempel bald erreichen würden.

Er warf einen Blick zurück und sah, dass Dani die Nachhut bildete. Sie hatte sich heute die Haare zu einem Zopf geflochten, und er wünschte sich mehr als alles andere, diesen Haargummi herauszuziehen und diese Locken zwischen seinen Händen zu spüren.

Mit einem gemurmelten Fluch wandte er sich wieder dem Dschungel zu. Er musste diese Frau bald haben, oder das Verlangen nach ihr würde ihn noch um den Verstand bringen.

Er bahnte sich einen Weg durch weitere Lianen und sonstiges Grünzeug. Zumindest gab es keine Anzeichen dafür, dass noch jemand mit ihnen hier im Dschungel war. Er betete, dass diese ganze Sache mit der Seidenstraße doch nichts Ernstes war.

Dann hielt er kurz inne.

Er sah eine Lichtung.

Das Sonnenlicht schien auf einen steinernen Bogen,

der von Pflanzen überwuchert war. Jenseits des Bogens schien ein Weg zu verlaufen.

Er verharrte. Es waren Momente wie dieser, die seine Arbeit so lohnenswert machten. Diese Dinge zu entdecken, die seit Hunderten oder Tausenden von Jahren kein Mensch mehr zu Gesicht bekommen hatte.

„Gott." Eine grinsende Gemma drängte sich vor ihn. „Leute, seht euch das an."

„Das muss der Weg sein, der zum Tempel führt", meinte Sakada. „Wir können nicht mehr weit weg sein."

Sam trat vor und studierte seine Karte. „Sind wir auch nicht. Es sieht so aus, als ob dieser steinerne Weg direkt zum Tempel führt."

Sie gingen weiter. Cal schnallte seine Machete an seinen Gürtel. Der steinerne Weg war zwar uneben, und die Dschungelvegetation wuchs durch ihn hindurch und um ihn herum. Aber das bedeutete trotzdem, dass die Pflanzenwelt hier nicht so undurchdringlich dicht gewachsen war.

Er konnte hören, wie Danis Kamera klickte, während sie jeden Moment festhielt.

Sie setzten sich in Bewegung, und dann hörte er das gemeinsame Aufatmen des ganzen Teams.

Er sah auf und spürte, wie sich seine Brust zusammenzog. Verdammt, er hatte es zuerst gar nicht erkannt. Der gesamte Tempel war von grüner Vegetation überwuchert.

Er war so hoch wie die Bäume und hatte die Form einer Stufenpyramide. Verdammt! Auf den zweiten Blick sah er mehr aus wie die Maya-Pyramiden, die Cal in Mittelamerika gesehen hatte, als die Tempel von Angkor.

Jede der fünf Ebenen war kleiner als die vorherige und mit einem grünen Pflanzenteppich bedeckt.

„Das ist jede langweilige Ausgrabung wert, die ich je gemacht habe", murmelte Gemma.

Die anderen brachen in Gelächter aus, während sie zur Tempelruine eilten.

Sogar Dani grinste hinter ihrer Kamera.

„Sie sieht aus wie die siebenstöckige Pyramide von Prasat Thom auf Koh Ker", meinte Sakada, während sein Blick wie gefesselt auf den Tempel gerichtet blieb. „Dieser hier ist natürlich kleiner, aber das Design ist ähnlich."

„Das ist ganz erstaunlich." Dr. Oakley blickte Cal an. „Wir müssen da hinein."

Cal schlug noch mehr Vegetation aus dem Weg und führte sie zu dem Eingang in der Mitte dessen, was er für die Vorderseite des Tempels hielt. Er blickte nach oben und bestaunte erneut die Konstruktion.

Dr. Oakley ließ die Schultern hängen. „Der Eingang ist mit Steinen verschüttet."

Trümmer hinderten sie am Eintreten. „Sam, kannst du mir helfen?" Cal packte einen der großen Felsen. Sam packte das andere Ende und gemeinsam schoben sie den Felsbrocken zur Seite. Sakada und Jean-Luc folgten mit dem nächsten Stein.

Sie fanden schnell einen Rhythmus aus Heben und Rollen und kamen bald gut voran.

„Es gibt doch nichts Schöneres, als starken Männern dabei zuzusehen, wie sie ihre Muskeln spielen lassen und schwere Dinge heben", flötete Gemma.

Sam grunzte. „Du könntest ja mal herkommen und

mit anpacken. Ich bin für Gleichberechtigung der Geschlechter."

Gemma schniefte. „Ich bin mir nicht sicher, ob das Schleppen von Steinen etwas mit Gleichberechtigung zu tun hat."

Cal ignorierte die beiden und konzentrierte sich auf den Eingang. Er konnte einen Spalt durch die Felsen hindurch erkennen. „Nicht mehr viel, und wir können da durchkommen."

Es bedurfte noch einiger Anstrengung, aber schließlich war die Öffnung groß genug, damit sie sich hindurchzwängen konnten.

Dr. Oakley hatte eine Taschenlampe herausgeholt und schritt motiviert voran, während er den starken Lichtstrahl aufleuchten ließ.

Die anderen Archäologen schlossen sich ihm an. Als sie die Gravuren an den Wänden entdeckten, war ihre Aufregung förmlich greifbar.

Cal grinste Dani an. „Fühlt sich ziemlich gut an, was?"

Sie nickte und machte noch ein paar Aufnahmen von dem dunklen Eingang. „Das ist mein erster verlorener Tempel. Normalerweise mache ich Fotos von Touristen und bekannten Tempeln ... das hier ist ganz überwältigend." Sie hob wieder ihre Kamera an.

Cal streckte seine Hand aus und drückte das Objektiv wieder nach unten. Ihr Blick traf seinen. „Erlebe es zuerst ohne die Kamera. Nur eine Minute lang. Schau dir die Gravuren hier mit deinen eigenen Augen an." Er fuhr mit der Hand über die verwitterten Einkerbungen, die den Eingang säumten. „Seit

Hunderten von Jahren hat das niemand mehr zu Gesicht bekommen. Wir schreiben hier gerade Geschichte, Dani."

Ihr Blick wanderte über die Wand.

„Hör auf, an die perfekte Aufnahme zu denken. Was *fühlst* du?"

„Aufregung. Enthusiasmus. Energie."

Genau das, was er fühlte. Und alles hatte irgendwie immer mit der Frau, die vor ihm stand, zu tun. Er berührte ihr Ohr. „Das fühlt sich gut an, nicht wahr? Es lässt dich lebendig sein. Was wir wirklich fühlen, ist alles, was uns ausmacht." Er schob sie ein paar Schritte zurück, bis sie mit dem Rücken an die Felswand stieß.

Ihr Atem ging schneller, und ihre Brust hob und senkte sich, während ihr Blick seinen nicht losließ.

„Emotionen können flüchtig sein, Cal. Aufregung, Lust, Verlangen, Liebe ... in der einen Minute da, in der nächsten weg. Und danach hast du nichts mehr."

Er legte seine Hände zu beiden Seiten ihres Kopfes auf die Wand. „So muss es aber nicht sein." Er beugte sich zu ihr, bis seine Lippen nur noch einen Atemzug von ihren entfernt waren. „Genau hier, genau in diesem Augenblick, gibt es nur dich und mich. Keine Kamera zwischen uns, niemanden sonst, der uns in die Quere kommt." Er senkte seine Stimme. „Ich will dich, Dani. So verdammt sehr."

Sie gab ein Seufzen von sich und schlang ihre Arme um seine Schultern. Ihre Lippen pressten sich auf seine.

Mit einem Stöhnen schob er seine Zunge in ihren Mund und zog sie eng an sich. Er drückte einen Schenkel zwischen ihre Beine und spürte ihre Wärme. Gott, sie küsste ihn mit einer Leidenschaft, die ihn in Flammen setzte. Er löste seine Lippen von ihren und drückte ihr eine Spur von Küssen auf den Hals. Ihr Duft erfüllte ihn, und da er sich nicht länger zurückhalten konnte, knabberte er weiter an ihrer Haut, und als sie ein ersticktes Stöhnen von sich gab, lächelte er.

„Cal? Dani? Wo seid ihr?"

Dr. Oakleys Stimme war wie eine Dusche eiskalten Wassers.

Cal zog sich zurück, bemüht, seinen hämmernden Puls zu kontrollieren. „Später." Das war ein Versprechen, das er zu halten gedachte. Etwas in ihm war verdammt begierig auf diese Frau, und es würde sich nicht mehr lange unterdrücken lassen.

Sie hob ihr Kinn, ihre Augen blickten vielversprechend. „Später."

Als sie durch den Tunnel in den Tempel ging, nahm sich Cal einen Moment Zeit, um sich wieder zu sammeln. Sein Schwanz war hart wie Stahl. Eine Sekunde später folgte er ihr.

DANI TRAT aus dem Eingangstunnel in einen offenen Raum.

Ihr Keuchen schnürte ihr regelrecht die Kehle zu. Das gesamte Innere der Pyramide war hohl. Ein einziger großer Raum, in dem alle Wände mit märchenhaften Szenen bemalt waren – unbeschädigt und in einem wunderschönen Zustand.

Sie war aufgewühlt – sowohl von der Entdeckung des

ANNA HACKETT

Tempels als auch von Cals Kuss. Der Mann hatte recht. Sie fühlte sich unglaublich lebendig.

Als sie ihn hinter sich hörte, hob sie ihre Kamera. Es war an der Zeit, sich wieder an die Arbeit zu machen und die Ablenkung von vorhin hinter sich zu lassen. Als er neben sie trat und seine Schulter gegen ihre stieß, wurde ihr klar, wie schwer es sein würde, sich diese männliche Ablenkung aus dem Kopf zu schlagen. Ein Mann wie Callum Ward war einfach nicht zu ignorieren.

Aber als sie sich auf die fantastischen Gravuren an den Wänden des Tempels konzentrierte, dauerte es nicht lange, bis sie in die Routine des Fotografierens verfiel. Sie bewegte sich durch den Tempel und machte Fotos von den brillanten Kunstwerken, die hier mit so viel Sorgfalt und Hingabe eingraviert waren.

Sie richtete die Kamera auf das Team. Gott ... ihre Gesichter. Jean-Luc sah aus, als wolle er sich hinsetzen und beten. Dr. Oakley lächelte, seine Miene von Ehrfurcht erfüllt. Gemma war damit beschäftigt, Notizen zu kritzeln, Sam machte ebenfalls Fotos, und Sakada konzentrierte sich auf die Entschlüsselung eines Textes.

Angezogen von den märchenhaften Flachreliefs an der Wand – sinnlich tanzende Frauen, unglaubliche Bestien und furchterregende Naga – füllte Dani ihre Speicherkarte schnell. Sie hielt inne, um eine neue Karte einzulegen. Sie könnte den ganzen Tag hier verbringen und die Kunst an den Wänden festhalten. Nur wünschte sie sich etwas besseres Licht, aber sie würde mit dem arbeiten, was sie hatte. Sie stellte sich vor, dass diese

Wände eine Geschichte zu erzählen hatten, und sehnte sich danach, die Bilder und Texte zu verstehen.

Sie bewegte sich an den Wänden entlang und machte von allem Fotos. An der Rückwand des Tempels hielt sie inne. Komplizierte Motive von Menschen mit kunstvollen Kopfbedeckungen, die mit gekreuzten Beinen dasaßen, große Götter und verschiedenartige Tiere – Löwen, Hirsche und einige Wesen, die sie nicht zuordnen konnte – füllten die Wände. Sie machte eine Aufnahme von einem großen, ovalen Stein: dem mythischen Linga von Mahendraparvata.

Als sie sich umdrehte, erblickte sie Cal, der mit vor der Brust verschränkten Armen an der Wand lehnte und das Team aufmerksam beobachtete.

Dani machte einen schnellen Schnappschuss von ihm – dieses markante, ernste Gesicht. Sie wusste, dass er gern lächelte und charmant war, aber als die Erinnerungen an seinen Kampf gegen die Männer, die sie angegriffen hatten, in ihrem Kopf auftauchten, wurde ihr bewusst, dass er auch knallhart und tödlich sein konnte. Ein faszinierender Kontrast.

Sie folgte seinem Blick und betrachtete das Team. Sie hockten zusammen und flüsterten leise. Keiner von ihnen lächelte. Sakada deutete auf eine Wand mit Gravuren.

Sie ging zu Cal. „Was ist los?"

„Was meinst du?"

„Ward, ich kenne dich zwar noch nicht sehr lange, aber ich kann dein Gesicht schon ziemlich gut lesen."

Er strich mit den Fingern über sein stoppeliges Kinn. „Was siehst du, wenn du sie ansiehst?"

Sie drehte sich mit einem Stirnrunzeln um. „Du meinst das Team?"

„Ja. Ich schätze, ich hatte erwartet, dass sie ... begeistert sein würden. Wir sind den ganzen langen Weg hierhergekommen, um diesen Tempel zu finden, aber sie sehen ...“

„Enttäuscht aus." Die Worte platzten aus Dani heraus, ohne dass sie darüber nachgedacht hatte. Sie schaute auf ihre Kamera und blätterte durch die letzten Aufnahmen. Jetzt erkannte sie die Enttäuschung und Frustration, die sie in ihren Gesichtern eingefangen hatte.

Cal nickte und erhob seine Stimme. „Dr. Oakley, wollen Sie mir nicht endlich sagen, was das Problem ist?"

Der Archäologe drehte sich um und schob sich die Brille auf der Nase zurecht. „Wie bitte? Ich weiß nicht, was ...“

Cal stieß sich von der Wand ab. „Sie sind ein schlechter Lügner, Doc. Sagen Sie mir, warum Sie so enttäuscht von dem verlorenen Tempel sind, den Sie gerade entdeckt haben."

Entmutigt nickte Dr. Oakley und winkte den Rest des Teams herbei. Sie setzten sich auf Felsbrocken, außer Gemma, die sich direkt auf den Steinboden niederließ und die Beine verkreuzte. Dani lehnte sich gegen die Wand und wartete.

„Dies ist der Tempel des Heiligen Linga. Nachdem, was wir recherchiert haben, hatten wir gehofft, hier tatsächlich den Linga zu *finden.*"

Cal zog eine Augenbraue hoch. „Sind sie ein Schatzsucher, Doc? Haben Sie wirklich gehofft, hier einen mythischen Stein mit magischen Kräften zu finden?"

„Okay, es klingt irgendwie dumm, wenn Sie es so sagen." Dr. Oakleys Tonfall klang beleidigt.

Gemma beugte sich vor und stützte die Ellbogen auf die Knie. „Es gab Hinweise. Nach den anderen Tempeln, die wir untersucht haben, war es eben sehr wahrscheinlich, dass der Linga hier sein würde. Aufgrund der Beschreibungen glauben wir, dass es sich um eine Art Riesenperle handelt. Ihr Wert – sowohl historisch als auch finanziell – wäre immens."

Cals Blick glitt über alle. „Verdammt, das hättet ihr mir vorher sagen sollen. Das ist aber noch nicht alles, nicht wahr?"

Sakada holte tief Luft. „Wir haben alle Legenden meines Landes und der gesamten hinduistischen Religion durchforstet. Wir glauben, dass der Heilige Linga von Mahendraparvata, der Stein, der die Macht besaß, ein ganzes Reich zu schaffen, gleichzeitig der Cintamani-Stein ist."

Dani runzelte die Stirn. Sie hatte das Wort noch nie gehört.

Cal zog die Brauen hoch. „Was ist der Cintamani Stein?"

Sakada fuhr fort: „Es ist ein heiliger Stein, sowohl in der hinduistischen als auch in der buddhistischen Tradition. Ein fabelhaftes Juwel, das demjenigen, der es besitzt, Wünsche erfüllt."

Gemma lächelte. „Er ist sozusagen das Gegenstück zum Stein der Weisen. Manche glauben sogar, dass die beiden Steine ein und dasselbe sind."

Cal verschränkte die Arme vor der Brust. „Und ihr glaubt, dass ein legendäres, mystisches Juwel in einem verlorenen Tempel in Kambodscha liegt?"

Dr. Oakley beugte sich vor. „Wir hatten nicht geplant zu beweisen, dass der Mahendraparvata-Linga gleichzeitig auch der berühmte Cintamani ist. Aber im Laufe unserer Nachforschungen fügten sich mehr und mehr Hinweise zusammen. Nachdem Sakada die Theorie geäußert hatte, dass es sich bei dem Linga tatsächlich um den Cintamani handeln könnte, fanden wir immer mehr Fakten, die dies bestätigten."

Gemma lehnte sich wieder zurück, ihr Gesicht leuchtete vor Aufregung. „Der Cintamani soll sich im Besitz des Naga-Königs befunden haben."

Ein Muskel in Cals Kiefer zuckte. „Desselben Naga-Königs, dessen Tochter das kambodschanische Volk gezeugt hat?"

„Das ist richtig", bestätigte Jean-Luc. „Der Stein soll auf der Stirn eines Makara ruhen."

„Das ist ein Seeungeheuer", ergänzte Dani.

„Und", fuhr Dr. Oakley fort, „der Cintamani-Stein soll eine große Perle sein. Genau wie der Mahendraparvata-Linga."

Cal schüttelte den Kopf. „Ich habe schon viele Expeditionen mitgemacht und viele Ausgrabungsstätten bewacht. Ihr kennt euch da besser aus als ich, aber meistens findet man dabei nicht viel. Ich meine, wie groß ist die Wahrscheinlichkeit, dass dieses wertvolle Juwel noch hier ist?"

Dr. Oakleys Lächeln wurde ein wenig traurig. „Gering. Aber ein Archäologe darf träumen."

Gemma streckte ihre Beine aus. „Komm schon, Cal. Die Legende besagt, dass der Cintamani deinen größten Wunsch erfüllen kann ... möchtest du nicht auch daran glauben?"

Cal schnaubte. „Wenn ich etwas will, gehe ich los und hole es mir. Ich werde nicht darauf warten, dass irgendein mystischer Stein mir weiterhilft." Alle lachten, aber Cals ernstes Gesicht ließ sie schnell verstummen. „Ihr hättet mir von dem Cintamani erzählen müssen. Es besteht nämlich die Möglichkeit, dass noch jemand anderes davon Wind bekommen hat."

Danis Brustkorb verkrampfte sich. „Du meinst unsere Angreifer."

Er nickte. „Und der Mann, der in Siem Reap versucht hat, deine Kamera zu stehlen. Eine sehr böse Gruppe von Leuten glaubt nämlich, dass eure verrückte Theorie wahr ist, und sie sind jetzt auch hinter dem Cintamani her."

Die Archäologen tauschten Blicke aus.

„Wir haben unsere Informationen mit niemandem geteilt", sagte Sakada.

„Wir haben sie aber auch nicht gerade geheim gehalten", fügte Dr. Oakley mit einem Stirnrunzeln hinzu. „Aber es sieht nicht so aus, als ob der Stein hier wäre." Er sah sich an den kunstvollen Wänden um. „Hoffen wir also, dass Ihre Vermutungen falsch sind, Cal, und dass diese Leute auch erkennen, dass es hier nichts zu finden gibt."

„Ja, das wollen wir hoffen."

Dani fand nicht, dass Cal besonders optimistisch klang.

„Gibt es noch mehr Geheimnisse, von denen ich besser wissen sollte?", fragte Cal.

Alle schüttelten die Köpfe.

„Wir haben zwar keinen heiligen Stein gefunden, aber einen fabelhaften, unentdeckten Tempel, den wir untersuchen und dokumentieren müssen." Dr. Oakley klatschte in die Hände. „Ich denke, es ist an der Zeit, dass wir uns an die Arbeit machen."

„Los gehts." Gemma stand auf und klopfte sich ihre Hose ab. „Wir brauchen Fotos, Maße, Übersetzungen. Und ich nehme an, Dani wird auch noch ein paar Aufnahmen machen wollen."

Dani hob ihre Kamera an. „Auf jeden Fall."

„Also, an die Arbeit." Cal schaute auf seine Uhr. „Ich halte draußen Wache und schlage unser Lager auf." Er warf Dani einen warnenden Blick zu. „Halte dich von Ärger fern."

KAPITEL SIEBEN

C al war fertig mit dem Aufbauen der Zelte. Er hatte ein kleines Feuer entfacht und die Archäologen saßen nun darum herum, unterhielten sich über den Tempel, lachten und aßen das Lager-Essen, das sie mitgebracht hatten. Das Feuer diente mehr der Atmosphäre als allem anderen und warf einen warmen Schein in das Lager.

Aber als der Donner über ihm grollte und die Dunkelheit immer mehr zunahm, wurde ihm klar, dass das Feuer nicht mehr lange brennen würde.

Er hatte bereits dafür gesorgt, dass jedes Teammitglied eine Schicht übernahm, um ihr Lager zu bewachen. Die Begegnung mit der Seidenstraße hatte ihn vorsichtig gemacht. Aber er brauchte selbst dringend etwas Schlaf und konnte nicht noch eine weitere Nacht wach bleiben, also würde jeder eine zweistündige Schicht übernehmen. Und Cal behielt immer seine SIG griffbereit.

Er beobachtete, wie der Feuerschein über Danis Gesicht flackerte. Sie knabberte an etwas aus ihrem

Rucksack und nickte zu dem, was Gemma gerade zu ihr sagte. Das Licht brachte ihre Wangenknochen wunderbar zur Geltung, und er ertappte sich dabei, wie er sie anstarrte.

Er konnte sich nicht erinnern, wann er sich das letzte Mal so sehr zu einer Frau hingezogen gefühlt hatte. Und das lag nicht nur an Danis Aussehen. Er mochte ihr schlagfertiges Mundwerk, ihr Talent und ihre Hingabe für ihre Arbeit, ihr Lächeln.

Cal griff nach seiner Wasserflasche und nahm einen großen Schluck.

„Also ... woher kommt dieser Cintamani-Stein?", fragte Dani.

Dr. Oakley beugte sich vor. „Keiner weiß es ganz genau. Es gibt aber eine Menge Mythen."

„Die buddhistische Legende besagt, dass vier heilige Reliquien vom Himmel gefallen sind, und eine davon war der Cintamani", erzählte Sakada.

„Ein anderer Mythos besagt, dass der Stein aus dem Unterwasser-Reich der Naga stammt", fügte Jean-Luc hinzu.

„Er wurde sogar mit der chinesischen Mythologie in Verbindung gebracht." Gemmas Stimme wurde aufgeregter, während sie die Geschichte erzählte. „Manche glauben, dass der Cintamani aus dem mythologischen Kunlun-Gebirge stammt. Heilige Berge, in denen die Götter und Göttinnen wohnen. Es soll ein Ort wunderbarer, juwelenbesetzter Pflanzen, edelsteinartiger Felsen und seltsamer Kreaturen sein, vielleicht die Heimat der verehrten Acht Unsterblichen der chinesischen Legende."

Jean-Luc stieß einen spöttischen Laut aus. „Das Kunlun-Gebirge ist ein reiner Mythos. Das hat nie wirklich existiert."

„Oh?" Gemmas Augen leuchteten auf. „Und doch war das Kunlun-Gebirge irgendwie mit dem Berg Meru verbunden, einer anderen heiligen Bergmythologie, an die hier in Kambodscha geglaubt wird, verkörpert in eben diesem Tempel." Sie deutete mit dem Finger auf den Tempel, der sich in ihrer Nähe erhob. „Sogar Angkor Wat wurde nach dem Vorbild des heiligen Berges erbaut. Wer kann schon mit Sicherheit sagen, dass das Kunlun-Gebirge, das mit dem alten Khmer-Wort für König der Berge gemeinsame Wurzeln hat, nicht auch mit dem *Kulen* verwandt ist, genau hier, wo wir uns gerade befinden?"

„Komm schon, Gemma." Der französische Archäologe schüttelte den Kopf. „Das glaubst du doch nicht wirklich."

„Vielleicht doch. Es gibt auch die Geschichte des russischen Forschers, der im frühen 19. Jahrhundert durch Asien reiste. Er behauptete, ein Fragment des Cintamani von einem Abt eines Klosters geschenkt bekommen zu haben."

Die anderen stöhnten auf.

Cal beobachtete Dani, die die Diskussion fasziniert verfolgte. Gutmütige Auseinandersetzungen wie diese waren eine der Hauptunterhaltungen in seiner Familie. Seine Mutter schwärmte immer von der neuesten Schatz-Theorie oder irgendeiner Verschwörung. Sein Vater wiederholte geduldig die Fakten. Und normalerweise gaben Cal, Dec und Darcy hier und da ein paar neckische Kommentare dazu ab. Da er noch genau wusste, was er mittlerweile über Danis Familie erfahren hatte, nahm er an, dass sie so etwas nicht oft miterlebt hatte.

Dr. Oakley lächelte. „Als Nächstes wirst du behaupten, er sei von Außerirdischen erschaffen worden."

Gemma schniefte. „Dieser Forscher sagte, ihm wurde erzählt, dass der Cintamani mit den Acht Unsterblichen aus dem Kunlun-Gebirge in Verbindung steht."

„Papperlapapp", erwiderte Jean-Luc.

„Niemand sagt mehr *Papperlapapp*, Jean-Luc", meinte Gemma.

„Das ist alles wirklich faszinierend", warf Dani ein. „Unabhängig vom Wahrheitsgehalt ist es erstaunlich, dass sich so viel Geschichten und Legenden um einen einzigen Stein ranken können."

Cal spürte, wie ein dicker Wassertropfen auf seiner Hand landete. Er sah auf, gerade als ein riesiger Blitz den Himmel hinter den Bäumen erhellte. „Ich hoffe, es macht niemandem etwas aus, nass zu werden."

Es gab gutmütiges Gemurmel. Sam griff nach seinem Tablet und machte sich auf den Weg zu seinem Zelt. Die Archäologen schnappten sich ihre Sachen und folgten seinem Beispiel. Jean-Luc nickte Cal zu. „Ich werde heute Abend die erste Wache übernehmen."

„Danke, Jean-Luc. Wenn du etwas siehst oder hörst, das dich beunruhigt, weck mich."

Dani zog einen leichten, wasserdichten Regenmantel an und vergewisserte sich, dass ihre Kamera gut abgedeckt war. Sie griff sich eine der batteriebetriebenen Laternen, ging aber nicht zu ihrem Zelt.

„Wohin willst du?"

Sie blickte über ihre Schulter zurück. „Ich möchte noch ein paar Aufnahmen im Inneren des Tempels machen. Mach dir keine Sorgen, Commander, ich werde nicht weit weg gehen."

„Im Tempel wird es zu dunkel sein für Fotos."

Sie hob die Laterne hoch. „Ich möchte ein paar kreative Aufnahmen im Laternenlicht machen." Als es zu regnen begann, fing sie an zu laufen.

Cal drehte eine schnelle Runde durch das Lager und vergewisserte sich, dass alle für die Nacht in Sicherheit waren. Er glaubte, dass die Männer von der Seidenstraße, die sie zuvor angegriffen hatten, zu sehr damit beschäftigt sein würden, ihre Verletzungen zu versorgen, als dass sie es riskieren würden, ihnen sofort zu folgen. Trotzdem wäre er froh, wenn Logan und Morgan hier endlich einträfen.

Als er den Tempel betrat, war sein Haar durchnässt und sein Hemd klebte an seiner Haut. Er kam in den Hauptbereich und sah, wie die Laterne einen goldenen Schein in den Raum warf. Dani blickte auf und senkte ihre Kamera. „Regnet es schon?"

In diesem Moment krachte ein Donnerschlag über ihnen. „Das kann man wohl sagen." Es gefiel ihm, wie ihr Blick auf seiner Brust verweilte. Er spürte, wie sich sein Puls beschleunigte.

Sie blickte zurück auf die Wand mit den Gravuren. „Diese Muster sind so schön. Ich weiß nicht ... irgendetwas daran spricht mich einfach an. Ich wollte sichergehen, dass ich alle Gravuren an den vier Wänden abgelichtet habe." Sie streckte die Hand aus und berührte die Abbildung einer Naga. Das wilde, schlangenähnliche Wesen hatte sich zusammengerollt und reckte seinen Kopf in die Höhe.

„Irgendetwas an dir zieht mich an, schon seitdem du in Angkor Wat so abweisend zu mir warst."

Sie drehte sich langsam um, und er sah, wie ihre Hände die Kamera fester packten. Ihre Blicke trafen sich. Der Raum zwischen ihnen schien zu pulsieren, und Cal spürte, wie sich ein Feuer des Verlangens in seinem Bauch entzündete.

„Cal ..."

Er trat näher an sie heran und blieb einen halben Meter vor ihr stehen. „Die Stunde der Wahrheit, Dani. Willst du weiter vor mir davonlaufen, oder gehörst du mir?" Er kam noch etwas näher, bis ihre Kamera gegen seine Brust stieß. „Hörst du endlich damit auf, deine Gefühle noch länger zu verleugnen und folgst jetzt mal deinem Instinkt?"

Er hielt seinen Blick auf sie gerichtet. Er wollte jede Gefühlsregung auf ihrem Gesicht mitansehen.

Sie holte zittrig Luft. „Ich habe mein Leben damit verbracht, auf meinen Kopf zu hören ..."

Cal streckte die Hand aus und griff nach der Kamera. Behutsam hob er sie über ihren Kopf und legte sie auf einem Steinbrocken in der Nähe ab. „Keine Kamera, Dani. Kein Schutzpanzer. Keine Geister aus der Vergangenheit." Er drückte sie mit dem Rücken gegen die Wand, bis seine Brust fest auf ihre gepresst war. Sein Verlangen war wie ein Urbedürfnis, das durch ihn pulsierte, passend zum Trommeln des wilden Sturms, den er draußen toben hörte. Er verschränkte seine Finger mit ihren. „Fühle einfach."

Der Kuss war verzweifelt, hungrig, erfüllt von einer Leidenschaft, die sie beide aufstöhnen ließ. Dann gab Dani einen heißen, begierigen Laut von sich, und Cal spürte, wie ihre Hände sein nasses Hemd aus dem Hosenbund zogen. Gott, dieses Geräusch machte ihn noch härter.

Sie hob ihren Kopf. „Haut. Ich will Haut."

Er half ihr und spürte, wie ihre Handflächen über seinen Bauch glitten, wie ihre Nägel über seine Brust kratzten.

Er griff nach dem Verschluss ihrer Hose, und ihr Mund glitt an seinem Kiefer entlang, ihre Zähne bohrten sich in sein Ohrläppchen. Er knurrte auf.

„Das hier ist verrückt", murmelte sie. „Aber Gott, ja, ich will dich."

Es war tatsächlich verrückt. Seine Lust tobte wie ein riesiger, animalischer Rausch in ihm. Schließlich schob er seine Hand in ihre Hose. Er ließ sie unter den Gummizug ihres Höschens gleiten und spürte die feuchte Wärme ihres Körpers.

„Gott, Dani, du bist so feucht."

Sie stöhnte, ihre Lippen jetzt auf seine Brust gedrückt. Ihre Hüften bewegten sich gegen seine Hand, und er fuhr mit einem Finger durch ihre Locken und schob ihn in sie hinein.

Er glitt tiefer und bewegte seinen Daumen, bis er ihren Kitzler fand. Er beobachtete sie und genoss die Emotionen in ihrem Gesicht, während sie sich unter seinen Berührungen wand und aufschrie.

„Gefällt dir das, meine Schöne?"

„Ja." Es kam lediglich als ein Zischen heraus.

Dann schob er einen zweiten Finger in sie. Verdammt, sie war eng. „Sag mir, wie sich das anfühlt."

„Voll." Ihre Brust spannte sich an. „Gedehnt."

„Warte nur, bis mein Schwanz in dir steckt. Aber jetzt will ich erst sehen, wie du kommst, Dani."

Er bearbeitete sie härter, schneller und wilder als beabsichtigt. Mit seiner anderen Hand zog er das Band aus ihrem Haar und sah zu, wie ihre dunklen Locken um ihre Schultern fielen.

Dieser Ausdruck auf ihrem Gesicht, die Röte auf ihren Wangen, das schnelle Heben und Senken ihrer Brust ... er spürte den wahnsinnigen und ungewohnten Drang, sie zu nehmen, sie zu besitzen.

Er rieb ihre Klitoris fester und sie schrie auf, ihr Körper bebte während ihres Orgasmus.

Cal hatte noch nie etwas Perfekteres gesehen. „Verdammt, ich will jetzt endlich in dir sein."

Sie stieß zitternd einen Atemzug aus, und ihr Blick war immer noch ein wenig verträumt. „Ich will dich auch in mir haben."

Cals Schwanz pochte, fast schon schmerzhaft. Er stöhnte. „Nicht hier, meine Schöne." Nicht hier in diesem Staub und Dreck. „Wenn wir wieder in Siem Reap sind, werde ich dir zeigen, wie gut es sein kann. Ausgebreitet auf einem großen Bett mit sauberen Laken. Ich werde dich nicht hier einfach hart und schnell gegen eine Steinwand nehmen." Er umfasste ihr Gesicht und schob ihr Haar zurück. An seinen Fingern konnte er ihren Moschusduft riechen. „Schon bald. Du solltest dich besser schon mal darauf einstellen."

„Ja", murmelte sie.

Er stöhnte und zwang sich, einen Schritt von ihr zurückzutreten. „Komm schon, wir sollten besser zurück-gehen, bevor ich dich doch noch hier im Dreck ficke."

Er sah, wie ihr ein Schauer über den Rücken lief, und sie schaute auf den Eingang des Tempels. „Es regnet immer noch in Strömen." Ihr Blick kehrte zu seinem zurück, bevor er tiefer wanderte.

Er wusste, dass sie den harten Umriss seines Schwan-zes, der sich gegen die Vorderseite seiner Hose drückte, nicht übersehen konnte.

Sie leckte sich über die Lippen.

Er stöhnte. „Gott ... sieh mich nicht so an. Ansonsten kann ich für nichts garantieren."

Diesmal war es Dani, die ihn mit einem überra-schend starken Stoß zurückdrückte. Er spürte, wie etwas Hartes gegen seine Kniekehlen stieß und kam auf einem großen Steinblock zu sitzen. Das Nächste, was er fühlte, waren ihre Hände an seinem Gürtel. Wildes Verlangen durchfuhr seine Lenden und noch mehr Blut strömte in seinen Schwanz. „Dani ..."

„Ich halte mich an das Versprechen des großen sauberen Bettes. Aber das heißt nicht, dass ich dir jetzt nicht anders ... näherkommen kann."

„Nur weil ich dich dazu gebracht habe, zu kommen, heißt das nicht, dass du dich revanchieren musst, Dani. Ich habe das nicht aus diesem Grund getan."

Sie sah ihn aus ihren einzigartigen zweifarbigen Augen an. „Ich weiß. Ich *möchte* dich aber berühren."

Cal stieß ein gequältes Stöhnen aus. „Du meinst, mich in die Knie zwingen. Da bin ich doch schon, meine Schöne."

Das Lächeln, das sie ihm schenkte, wanderte direkt in seinen Schwanz. Es war verheißungsvoll und lüstern. „Du bist noch nicht ganz da, Cal. Aber du wirst es bald sein."

Sie griff in seine Hose und Boxershorts, zog seinen Schwanz heraus und gab einen anerkennenden Laut von sich.

Scheiße, er steckte in Schwierigkeiten. Sie schlang ihre Hände um ihn und begann ihn zu reiben. Ohne Zögern oder Schamgefühl. Schon bald pumpten seine Hüften fest in ihre Faust. Er biss die Zähne gegen dieses aufkommende wilde Gefühl zusammen. Gott, er wollte ihr so verdammt gern die Kleider vom Leib reißen und sie hier auf der Stelle nehmen, wie ein primitiver Höhlenmensch, der seinen Besitz markierte.

Sein Blut pochte durch seine Adern. „Dani ..."

Plötzlich waren ihre Hände weg. Er konnte seinen Protest kaum verbergen. Sie trat ein wenig zurück, ihr Gesicht errötet, ihre Brust hob und senkte sich. „Berühre dich selbst." Ein sinnliches Flüstern. „Zeig mir, wie du es dir selbst machst."

Er nahm seinen Schwanz mit festem Griff und wichste sich. Er schaute nicht nach unten, sondern beobachtete, wie ihr Blick an jeder seiner Bewegungen klebte, wie sich ihre Lippen öffneten und noch mehr Farbe auf ihre Wangen trat. Ja, sein Mädchen stand auf so etwas.

„Bist du schon wieder feucht?"

Ihr Blick huschte zu seinem Gesicht hinauf. „Ja."

„Du willst mich in dir spüren, nicht wahr? Du willst das hier ...", er ließ seine Hand nach unten gleiten und entblößte die geschwollene Spitze seines Schwanzes, „in dir. Du willst, dass mein Schwanz deine heiße Nässe ausfüllt, nicht wahr?"

Sie leckte sich erneut über die Lippen. „Ja." Ihre Hand legte sich über seine, und gemeinsam wichsten sie seinen Schwanz. Cal spürte, wie sein Orgasmus wie ein Feuer an der Basis seiner Wirbelsäule wuchs.

Sie bewegte ihre Hand über die Spitze seines Schwanzes, ihre Finger rieben über die Öffnung und verteilten seine Lusttropfen über seine empfindliche Haut. Seine Hüften zuckten erneut, völlig außer Kontrolle, und er hielt seinen Blick auf die schlanken Finger gerichtet, die ihn streichelten.

Ihre Hände schlossen sich um ihn, griffen ihn fester, und sie drückte ihren Körper gegen seine Seite. Er spürte ihre Lippen an seinem Hals.

„Komm für mich, Cal. Ich will es sehen."

Scheiße. Das Bedürfnis zu kommen, war wie ein brutaler Druck in seinem Unterleib. Und eine Sekunde später kam er, seine Muskeln spannten sich an und seine Sicht verschwamm. Sein Sperma ergoss sich über ihre Hände und über seinen Bauch. Er stöhnte, lang und laut. Dann landete ihr Mund auf seinem und er küsste sie innig.

Langsam kam er wieder zu sich und drückte seine Stirn an ihre. Dann waren nur noch das gleichmäßige Prasseln des Regens und ihr schneller Atem zu hören.

„Nun", ihre Stimme klang ein wenig zittrig.

„Wenn wir zurück im Hotel sind, komme ich mit dir

in dein Zimmer. Ich werde die Tür abschließen und dich stundenlang – ja, tagelang – ficken. Das ist deine einzige Warnung."

Sie zitterte.

Und dann, als hätte jemand einen Wasserhahn zugedreht, hörte der Regen plötzlich auf. Dani trat zurück, ihren Blick immer noch auf ihn gerichtet. „Nun, wir scheinen hier eine kleine Sauerei angerichtet zu haben. Ich habe ein paar Tücher in meiner Tasche." Sie zog sie heraus und reichte ihm eines. „Ich habe sie immer dabei, um meine Kamera zu reinigen."

Er brauchte nur einige Momente, um sich zu säubern und seine Hose wieder hochzuziehen. Dann zog er sie in seine Arme und hielt sie fest. Gerade jetzt wollte er den Körperkontakt, brauchte ihn sogar.

„Komm, ich bringe dich zurück in dein Zelt. Es ist schon Schlafenszeit, und leider sieht es so aus, als müssten wir beide allein ins Bett gehen."

Sie sah wieder zu ihm auf, und er knurrte.

„Ich habe dir gesagt, du sollst mich nicht so ansehen." Er gab ihr einen Klaps auf den Hintern, schnappte sich ihre Kamera und reichte sie ihr. „Lass uns gehen, Dani."

Der Regen hatte aufgehört, aber das Wasser tropfte immer noch von den Blättern über ihnen. Das Lager war dunkel und still. Als sie die Zelte erreichten, hielten sie inne und sahen sich an.

Er drückte seine Lippen auf ihre. Ein sanfterer Kuss als alle, die sie bisher miteinander geteilt hatten. „Träum von mir."

„Oh, daran habe ich keinen Zweifel", murmelte sie. Dann schlüpfte sie in ihr Zelt.

Cal drehte eine weitere Runde durchs Lager und die nähere Umgebung und meldete sich bei Jean-Luc, der die Wache bald an Sam übergab. Dann suchte er nach Anzeichen dafür, dass sie unerwünschte Gesellschaft hatten. Aber alles war ruhig.

Als er schließlich zu seinem Zelt zurückkehrte, hob er sein Gesicht Richtung Himmel. Von einem Baum tropfte Wasser herab. Er wünschte, es wäre eine kalte Dusche.

***

STUNDEN SPÄTER LAG Cal unruhig auf seinem Schlafsack und starrte auf das Dach seines Zeltes.

Ein paar Stunden hatte er gedöst, aber jetzt konnte er nicht mehr schlafen. Er war müde von dem langen Tag und der schlaflosen Nacht vom Vorabend, aber sein Schwanz war hart, die Sehnsucht pulsierte durch seine Adern. In nächster Zeit würde er keinen richtigen Schlaf mehr finden, dessen war er sich ziemlich sicher. Erinnerungen daran, was er und Dani im Tempel getan hatten, schossen ihm immer wieder durch den Kopf. Er konnte immer noch ihre Schreie hören, ihren Duft riechen, sie auf seinen Lippen schmecken.

Er stöhnte und legte einen Arm über sein Gesicht. Es war ziemlich schwer, nicht daran zu denken, dass sie nur ein Zelt von ihm entfernt lag.

Die Tatsache, dass er sie in dem Tempel einfach hätte nehmen können, dass er in ihre enge Wärme hätte gleiten können, war jetzt wie eine Verhöhnung. Er war noch nie jemand gewesen, der einen schnellen, harten Quickie abgelehnt hatte.

Aber zum ersten Mal in seinem Leben wollte er sich mit einer Frau Zeit lassen. Er wollte sich Zeit nehmen, sie kennenzulernen, um ihr mehr Lust bereiten zu können. Er wusste, dass sie so etwas bisher nicht erlebt hatte. Sie hatte einmal etwas von schnellem und bedeutungslosem Sex gesagt ... Cal wollte ihr viel mehr geben. Wie er ihr versprochen hatte, wollte er das große Bett im Hotel mit ihr einweihen, zum Teufel, vielleicht sogar mit einer Flasche Champagner.

Oh, ja, er konnte sich nur zu gut ausmalen, wie er die goldene Flüssigkeit über ihren nackten Körper goss und sich die Zeit nahm, sie sauber zu lecken.

Schließlich schlief er trotz der erregenden Fantasien, die ihm durch den Kopf gingen, ein. Als er wieder aufwachte, war es noch dunkel, und seine innere Uhr sagte ihm, dass er nicht allzu lange geschlafen hatte. Er blieb still liegen und fragte sich, was ihn geweckt hatte.

Dann hörte er ein Geräusch. Einen Schritt. Er runzelte die Stirn. Wahrscheinlich Dr. Oakley, der vor Kurzem die Wache übernommen hatte. Oder Gemma, die sich in Sams Zelt schlich. Die beiden waren ziemlich schlecht darin, die Tatsache zu verbergen, dass sie miteinander vögelten.

Doch als er ein weiteres Geräusch hörte, ließ er sich von seinen Instinkten leiten. Nach dem Überfall war er einfach misstrauisch.

Cal zog leise seine Stiefel an und öffnete ganz langsam den Reißverschluss seines Zeltes. Er schlich hinaus in die Dunkelheit und hörte nur die Geräusche des Dschungels. Wer immer sich hier draußen bewegte, hatte die Tiere nicht verschreckt.

Das bedeutete, dass dieser Jemand entweder keine Bedrohung darstellte oder verdammt gut im Herumschleichen war.

Er schaute sich hinter seinem Zelt um und bemühte sich, in der Dunkelheit etwas zu erkennen. Das Letzte, was er tun wollte, war, bei Sam und Gemma hineinzuplatzen.

Er sah Schatten auf der anderen Seite des Lagers, ging in die Hocke und verharrte regungslos. Es war nicht zu erkennen, wer oder was da war.

Eine Sekunde später durchbrachen Schüsse die Nacht.

Cal fluchte, zog seine SIG Sauer und trat ein Stück zurück, tiefer in die Dunkelheit. Der Impuls, zu Danis Zelt zu rennen, war stark, und er musste ihn mit aller Kraft unterdrücken. Zuerst brauchte er mehr Informationen. Wie viele waren es, und was zum Teufel wollten sie?

Er griff schnell in sein Zelt nach seinem Rucksack – darin bewahrte er immer ein paar Gegenstände für den Notfall auf –, dann schlich er sich davon, versteckte sich hinter dichtem Gebüsch und wartete.

Taschenlampen flackerten auf und er hörte Rufe. Eine große Gruppe von Angreifern marschierte durchs Lager und zerrte das Team einen nach den anderen aus den Zelten. Ein erschöpfter Jean-Luc, ein verängstigter Sakada und ein streitlustiger Dr. Oakley wurden in der Nähe des inzwischen erloschenen Feuers auf die Knie gezwungen. Ein fluchender Sam und eine schreiende

Gemma folgten. Cal sah, wie Dani gegen einen größeren Mann ankämpfte, der sie zu den anderen zerrte. Ihre Kamera baumelte an ihrer Brust. Sie verpasste ihm einen harten Schlag in den Bauch, bevor er sie kräftig schüttelte und einfach auf den Boden warf.

Cals Hände spannten sich um seine Waffe. Er wollte losstürmen. Er wollte dem Kerl liebend gern eins überziehen.

Doch er zwang sich durchzuatmen. Um seinen Job zu machen. Wenn er blindlings losgestürmt wäre, wäre er in der nächsten Sekunde tot gewesen. Dann wären sie alle verloren gewesen.

Er zwang sich, ruhig zu bleiben, und versuchte, die Situation zu durchdenken. Gleichzeitig beobachtete er die Angreifer. Sechs standen in der Mitte des Lagers. Mindestens drei weitere bewegten sich im näheren Umkreis. Cal drückte seine Hand in die feuchte Erde unter ihm, als ob ihm das Halt geben würde. Er musste auf eine passende Gelegenheit warten.

Widerstrebend zog er sich zurück und verschmolz mit den Bäumen des Dschungels. Er versuchte, sich nicht so zu fühlen, als würde er das Team im Stich lassen – als würde er seinen besten Freund nicht noch einmal im Stich lassen, als wäre er noch bei ihm.

Dann drehte er sich um und spähte durch die Bäume hindurch zu den Eindringlingen. Diese Typen waren Profis. Sie hatten das gesamte Archäologen-Team auf die Knie gezwungen, die Hände hinter den Köpfen. Ein paar der Angreifer waren dabei, die Zelte zu durchwühlen und Chaos anzurichten.

Ein schlanker Mann schritt aus dem Dschungel, flankiert von zwei weiteren Söldnern. Er hielt inne, um den übrigen Mitgliedern seiner Gruppe leise Befehle zu erteilen. Zwei der Männer nickten und eilten davon. Cal konzentrierte sich auf den Neuankömmling und versuchte zu verstehen, was er sagte. Als der Mann sich umdrehte und sein Gesicht vom Strahl einer der Taschenlampen beleuchtet wurde, erkannte Cal, dass es gar kein Mann war. Es war eine Frau.

Sie trat vor, ihren Blick auf die Archäologen gerichtet. Ihr schlanker, athletischer Körper war in enge, schwarze Leggings und eine schwarze Bluse gehüllt. Ihr rotes Haar war streng nach hinten gezogen und betonte die hohen Wangenknochen und ihre Haut, die einen kupferfarbenen Unterton hatte.

„Wo ist der Stein?"

Ihr Tonfall verriet, dass sie es gewohnt war, Befehle zu erteilen. Sie hatte einen Akzent, aber er war zu schwach, als dass Cal ihn hätte zuordnen können.

Dr. Oakley regte sich. „Wer sind Sie? Sie haben kein Recht zu ..."

„Sparen Sie sich das", unterbrach ihn die Frau. „Beantworten Sie meine Frage."

„Stein?"

„Stellen Sie sich nicht dumm, Dr. Oakley." Die Frau hockte sich vor den Archäologen, hob die Hand, und das Licht schimmerte auf ihrer Waffe. Sie drückte den Lauf unter Dr. Oakleys Kinn. „Wo ist der Cintamani-Stein?"

Cal unterdrückte einen Fluch. Er sah, wie Überraschung über Oakleys Gesicht huschte.

„Verschollen in der Geschichte, nehme ich an. Hier ist er jedenfalls nicht. Das hier ist nur eine Tempelruine."

Der Mund der Frau verzog sich zu einer flachen Linie. „Meine Quellen sagen mir, dass Sie erwartet hatten, ihn hier zu finden."

„Quellen?" Oakley schaute verblüfft.

Das Lächeln der Frau war fast freundlich. „Wir haben Ihr Team verfolgt, Dr. Oakley. Wir haben Ihre Expedition observiert."

„Wer zum Teufel sind Sie?"

„Wir sind eine Gruppe, die sich genauso für Antiquitäten interessiert wie Sie."

Erkenntnis huschte über Oakleys Gesicht. „Tempelräuber."

Die Frau zuckte mit den Schultern. „Wir sind weder Tempelräuber noch gewöhnliche Verbrecher."

„Seidenstraße", sagte Dani.

Der Kopf der Frau hob sich. „Clever." Ihr kühler Blick wanderte über die übrigen Archäologen, die sie alle schockiert und entsetzt beobachteten. „Ich hatte die Gelegenheit, mit einem Ihrer Mitarbeiter persönlich zu *reden*. Ich habe von ihm wertvolle Informationen darüber erhalten, wohin Sie unterwegs sind und wonach Sie suchen."

Cals Kiefer verkrampfte sich. Dr. Oakleys Körper hatte sich angespannt und er blickte zu den anderen. „Meine Teammitglieder sind allesamt engagierte Profis. Keiner von ihnen hätte etwas verraten."

Das Lächeln der Frau wurde noch ein wenig breiter. „Oh, es muss schön sein, in dieser naiven kleinen Welt zu leben, in der schlechte Dinge und Verrat nie passieren." Mit einer fließenden, geschmeidigen Bewegung stand sie auf. „Aber keine Sorge, ich habe eines Abends in einer

Bar etwas in jemandes Getränk gemischt. Das ... hat die Zunge der Person ein wenig gelockert."

Nun schauten alle entsetzt drein.

Die Frau schlenderte an dem gesamten Team vorbei und ließ ihren Blick über Jean-Luc, Gemma und Sakada schweifen, bevor sie bei Sam anlangte. „Auch wenn ihr den Stein hier nicht gefunden habt ...", sie griff nach unten und streichelte Sams Gesicht, „weiß ich doch, dass ihr gehofft habt, wenigstens einen Hinweis zu erhalten, einen Anhaltspunkt, vielleicht sogar eine Karte, wo der Cintamani versteckt sein könnte."

Sam errötete. „Jetzt erinnere ich mich. Diese Bar, in der wir letzte Woche waren ... ich bin mit rasenden Kopfschmerzen aufgewacht. Ich dachte, ich hätte zu viel getrunken."

„Du warst so liebenswürdig, mir zu erzählen, dass ihr vermutet, der Stein sei hier in diesem Tempel oder dass sich zumindest das Tor zu seinem Aufenthaltsort hier befände", verkündete die Frau.

„Das ist alles nur eine Legende", erwiderte Oakley

„Ihr vergeudet hier langsam meine Zeit. Wo finde ich den Stein?" Die Frau holte mit ihrem Fuß aus und trat nach Sam. Die Spitze ihres Stiefels bohrte sich in seine Rippen. Sam fiel mit einem Schrei um und umklammerte seine Brust.

Dani sprang auf und stellte sich zwischen die Frau und Sam. „Lassen Sie ihn in Ruhe."

Nein. Cal befahl Dani innerlich, sich wieder hinzusetzen und still zu verhalten.

Die Frau wirbelte herum, ihre Augen verengten sich. Schnell wie eine Schlange schlug sie Dani mit einer

133

Rückhand ins Gesicht. Die Wucht des Schlages ließ Dani taumeln.

Scheiße. Die Lage würde rasend schnell eskalieren. Was diese Frau und ihre Leute wollten, war nicht hier. Und irgendetwas sagte Cal, dass sie Zeugen auf keinen Fall lebend zurücklassen würde.

Die Frau hob ihre Waffe und richtete sie auf Danis Brust. „Nun, wenn ihr keinen Hinweis auf den Cintamani oder seinen derzeitigen Aufenthaltsort gefunden habt, dann seid ihr für mich alle nutzlos."

Cal stürmte aus den Bäumen heraus, hob seine Waffe und schoss.

Die Frau ging mit einem Schrei zu Boden, Blut spritzte aus ihrer Schulter. Verflucht. Cal hatte auf die Mitte der Brust gezielt, aber sie hatte sich in letzter Sekunde bewegt. Sie war verwundet, aber nicht hilflos am Boden.

Ihre Männer begannen zu schießen, und die Archäologen warfen sich schreiend zu Boden. Chaos brach aus.

Cal drehte sich, zielte und feuerte. Dann duckte er sich und schoss erneut. *Bamm. Bumm. Bamm. Bamm.* Fünf erledigt, blieben noch sieben.

Die übrigen Seidenstraßen-Söldner gingen jetzt in Deckung. Cal kauerte sich hinter ein Zelt.

„Dani, alle flach auf den Boden. Unten bleiben."

Er kroch um das Zelt herum und sah einen weiteren Angreifer hinter dem Nachbarzelt. Leise schlich sich Cal an ihn heran. Der Mann drehte sich in letzter Sekunde um, aber Cal gelang ein fieser Hieb in seinen Nacken. Er fiel auf den Boden und war nach einem weiteren Schlag bewusstlos. Cal brauchte nur einen Moment, um die Hände des Mannes zu fesseln.

Sechs ausgeschaltet. Doch als Cal sich wieder den anderen Angreifern zuwandte, hörte er weitere Schüsse durch die Nacht hallen und einen gellenden, schmerzerfüllten Schrei.

Verdammt, nein! Er sprang auf, schoss und rannte auf die Gruppe zu. Dort sah er Jean-Luc auf den Knien, die Hände auf die Brust gepresst, Blut sickerte zwischen seinen Fingern hindurch. Die Augen des Archäologen waren weit aufgerissen, sein Gesicht war blass.

Dani kämpfte mit einem anderen der Angreifer. Sie trat den Mann und er ging zu Boden. Dann rannte sie zu Jean-Luc.

Eine Bewegung erregte Cals Aufmerksamkeit. Die Anführerin der Seidenstraße war wieder aufgestanden ... und sie richtete ihre Waffe auf Dani.

Cal stürmte vorwärts. „Stopp!"

Aber die Frau blieb ruhig auf ihr Ziel konzentriert.

Mit hämmerndem Herzen hob Cal seine SIG. Die Bewegung war langsam und fühlte sich an, als würde seine Hand durch Honig gleiten.

Die Frau schoss.

Cal sah Danis Körper zucken, hörte sie aufschreien. *Nein!*

KAPITEL ACHT

Gott, tat das weh. Dani drückte fest auf ihren linken Bizeps und biss sich auf die Lippe, um nicht aufzuschreien. Sie war getroffen worden.

Doch ihr verzweifelter Blick ging hinüber zu Jean-Luc. Er war auf dem Boden zusammengesackt, Blut bedeckte seine Brust.

Sie träumte nicht mehr von Cal und den heißen, leidenschaftlichen Momenten im Tempel, sondern befand sich hier auf einmal mitten in einem Kriegsgebiet. Und wo zum Teufel war Cal? Ging es ihm gut?

Sie blickte sich hektisch auf der Lichtung um, und als hätte sie ihn herbeigerufen, sah sie ihn durchs Lager stürmen. Erleichterung durchströmte sie. Er warf etwas in die Luft, kurz bevor ein Angreifer von der Seidenstraße aus dem Nichts auftauchte und ihn zu Boden rang.

Dani kämpfte sich auf die Beine. Sie musste ihm helfen. Dann hörte sie, wie etwas vor ihr niederschlug. Es glitzerte metallisch in dem schwachen Licht und rollte über den Boden.

Ihr Bauch verkrampfte sich. Eine *Granate*.

Bevor sie noch irgendetwas tun konnte, explodierte sie.

Gemma und noch jemand schrien auf. Rauch stieg in die Luft, dann konnte Dani nichts mehr erkennen. Das Einzige, was zu sehen war, waren die Strahlen von ein paar Taschenlampen, die durch den Rauch drangen.

Sie tastete sich zu Jean-Luc hinüber und stieß mit jemandem zusammen.

„Dani?"

„Dr. Oakley? Geht es Ihnen gut?"

„Ich ... ich glaube schon."

„Jean-Luc hat einen Schuss in die Brust abbekommen. Wir müssen die Blutung stoppen." Sie wandte sich an den Verletzten. „Jean-Luc, bist du noch bei uns?"

Der Mann stöhnte auf. „Es tut weh."

„Ich weiß. Lass uns dir helfen."

Sie musste sich dicht über ihn beugen, der Rauch waberte noch immer durch die Luft. Ihr Magen drehte sich um. Gott, da war so viel Blut. Dani schlüpfte aus ihrer langärmeligen Bluse. Darunter trug sie ein dunkelblaues Tanktop. Sie knüllte die Bluse zusammen und drückte sie auf die Wunde.

Jean-Luc stöhnte erneut auf.

„Ich weiß. Es tut mir leid."

Plötzlich ertönten ganz in der Nähe Schüsse. Dani drückte sich nach vorne über Jean-Luc und spürte, wie Dr. Oakley sich dicht neben ihnen zusammenkauerte.

Dann tauchte Cal aus dem Rauch auf.

„Cal."

Sie sah Erleichterung in seinen Augen aufblitzen und

er nahm sich eine Sekunde Zeit, um ihre Wange zu streicheln. „Ihr müsst alle von hier verschwinden. Es sind immer noch vier von diesen Typen da draußen, plus die Anführerin." Mit geschickten Händen öffnete er Jean-Lucs Hemd, sein Gesicht wurde ernst. „Er braucht medizinische Hilfe. So schnell wie möglich." Er schob Danis Bluse zurück unter das Hemd des Mannes, um die Blutung zu stoppen. „Haltet den Druck aufrecht." Dann holte Cal Sams Tablet hervor. „Das habe ich noch greifen können. Nehmt es und geht in diese Richtung." Er reichte es Dr. Oakley und zeigte darauf. „Bleibt in Bewegung und geht zurück zum Dorf und den Motorrädern. Sam, Gemma und Sakada warten schon bei den Bäumen auf euch."

Danis Brust zog sich vor Angst zusammen. „Was wirst du tun?"

Seine blauen Augen waren kalt und hart wie Eissplitter. „Ich werde den Rest dieser Arschlöcher ausschalten, damit sie uns nicht folgen." Er zog sie für einen kurzen Kuss zu sich heran. „Ich werde dich finden. Und jetzt geht."

Sie sah, wie er im Rauch verschwand, und unterdrückte den Drang, ihm nachzulaufen.

„Los gehts", sagte sie zu Dr. Oakley. Gemeinsam schafften sie es, Jean-Luc auf die Beine zu stellen, und zu dritt bewegten sie sich auf die Bäume zu.

Hinter ihr hörte sie weitere Schüsse. Jeder einzelne ließ sie zusammenzucken.

Pass auf dich auf, Cal.

Bei den Bäumen trafen sie auf die anderen des Teams.

„Schnell." Sakada winkte sie in den dunklen Dschungel.

Sam nahm Danis Platz neben Jean-Luc ein, und mit einem Nicken übernahm Dani die Führung. „Wir müssen zum Dorf und zu den Motorrädern."

Dani schob Lianen und Äste aus dem Weg. Unsichtbare Zweige zerkratzten ihre Haut, und ihr Arm pochte immer noch. Sie waren noch nicht weit gekommen, als plötzlich ein Mann vor ihnen auftauchte. Sein Gesicht zeigte keinerlei Regung, als er mit seiner Waffe auf sie zielte.

Sie hielt nicht inne, um nachzudenken. „Lauft!", rief sie den anderen zu. Dann stürzte sie sich auf den Mann.

Er hatte nicht mit ihrem Angriff gerechnet. Dani stieß mit ihm zusammen und sie fielen in einem Gewirr von Armen und Beinen zu Boden, wobei ihm seine Waffe aus der Hand flog.

Sie schlug mit aller Kraft auf ihn ein. Aber er war stark und gut trainiert. Als er seine Hand gegen ihre Schusswunde drückte, schrie sie auf. Der Schmerz durchfuhr sie wie ein Dolch. Sie wurde schlaff.

Er schlug ihr ins Gesicht, und alles verschwamm. Mit einem Grunzen stand er auf, griff nach ihrem Haar und begann, sie zurück zum Lager zu zerren.

Dani spürte, wie ihr Tränen übers Gesicht liefen. Tränen des Schmerzes und des Versagens.

Aber solange die anderen durchkamen, war das alles, was zählte.

Als der Schmerz ein wenig nachließ, versuchte sie zu überlegen, was sie tun könnte. Sie könnte ihn zum Stol-

ANNA HACKETT

pern bringen, dann auf seine Augen und seine Kehle losgehen und ihm zwischen die Beine treten.

Sie konnte hören, wie die Stimmen der anderen Seidenstraßen-Söldner lauter wurden. Vor allem hörte sie den wütenden Ton der Frau.

Dani setzte sich explosionsartig in Bewegung, drehte sich und ignorierte den scharfen Schmerz auf ihrer Kopfhaut. Sie boxte dem Mann zwischen die Beine, spürte, wie sie seine Weichteile traf.

Er ließ sie augenblicklich los und krümmte sich mit einem erstickten Stöhnen. Sie rappelte sich auf und rammte ihm ein Knie ins Gesicht. Als er zu Boden fiel, drehte sie sich um und rannte davon.

Sie hatte keine Ahnung wohin, lief einfach blindlings los. Es war stockdunkel, aber sie rannte weiter. Sie musste so viel Abstand wie möglich zwischen sich und diese Männer bringen.

Zweige klatschten ihr ins Gesicht, und ein paarmal rutschte sie aus, aber sie blieb nicht stehen.

Plötzlich prallte sie gegen etwas Hartes. Hände griffen nach ihr.

Sie versuchte, sich mit einem Ruck zu befreien.

„Dani. Ich bin es."

Sie erstarrte, ihr Atem ging keuchend. In der Dunkelheit konnte sie kaum etwas erkennen. „Cal?"

„Ja." Er zog sie an sich, und sie fand sich an seine feste, warme Brust gedrückt.

Gott sei Dank. Mit einem leisen Stöhnen presste sie sich so eng an ihn, wie sie nur konnte. Sie brauchte Haut. Sie brauchte die Gewissheit, dass es ihnen beiden gut ging. Ruckartig öffnete sie die obersten Knöpfe seines

Hemdes und drückte ihr Gesicht an den Ansatz seines Halses. Seine Haut fühlte sich warm an unter ihrer Wange, und sie atmete seinen Duft ein. Sie roch das Blut, den Rauch und den Schweiß, aber darunter lag der Geruch von Cal.

Das beruhigte etwas in ihr, und sie spürte, wie ihre wahnsinnige Angst ein wenig nachließ.

„Sch-sch." Er streichelte ihr Haar. „Du bist in Sicherheit." Dann zog er sich zurück, und sie konnte gerade noch das Aufblitzen seines Gesichts in der Dunkelheit wahrnehmen. „Wir müssen hier weg. Diese Typen sind immer noch da draußen, und sie sind hinter uns her."

Sie nickte. „Okay."

Cal nahm ihre Hand und begann zu rennen.

Dani hatte keine Ahnung, wie er sehen konnte, wohin er trat. Sie folgte ihm und versuchte, nicht zu stolpern, während sie seine Hand fest umklammert hielt.

Ihr Stiefel stieß gegen etwas Großes, und sie stolperte. Sie erwartete, auf den Boden zu fallen, aber Cal fing sie auf und zog sie an seine Brust.

Aber wenn sie Mitleid von ihm erwartete, lag sie falsch. Er sprach nicht, vergewisserte sich nur, dass sie wieder aufrecht war, packte ihr Handgelenk und zog sie weiter.

Sekunden wurden zu Minuten. Dani verlor jegliches Zeitgefühl. Sie dachte an Dr. Oakley und die anderen und betete, dass sie heil davongekommen waren. Armer Jean-Luc. Ihr wurde flau beim Gedanken an ihn. Sie hatten auf ihn geschossen, ohne mit der Wimper zu zucken. Wie konnte ein Artefakt das Leben eines Menschen wert sein?

Plötzlich blieb Cal stehen. Dani prallte von hinten gegen ihn. Er drehte sich um und drückte ihr einen Finger auf die Lippen.

Die Geste machte ihr Angst. Sie strengte sich an, um zu hören, was auch immer seine Aufmerksamkeit erregt hatte.

Nichts. Nur der Wind in den Bäumen, und nicht einmal die üblichen Dschungelgeräusche. Es schien, als wären sogar die Tiere verstummt.

Dann hörte sie es ... Stimmen.

Sie schluckte und sah zu Cal auf. Er nahm ihre Hand, änderte die Richtung und zog sie zurück in die dichte Vegetation.

Sie waren verloren. Sie wusste es. Sie hatten keine Karte, kein GPS. Sie waren mitten im Dschungel auf einer Bergkette in einer abgelegenen Ecke Kambodschas unterwegs. Kein Such- und Rettungsteam könnte sie hier finden. Was zum Teufel sollten sie jetzt nur tun?

Cal blieb erneut stehen. Sie atmeten beide schwer, und Dani konnte gerade noch einen Pfad ausmachen, der sich durch die Bäume schlängelte. Sie blickte nach oben und stellte fest, dass sich der Himmel langsam aufhellte. Das Licht und der Pfad würden ihnen das Vorankommen erleichtern.

Dann wandte Cal sich vom Weg ab und zog sie wieder in die Vegetation.

„Auf dem Weg sind wir schneller", flüsterte sie. Eine Ranke schlug ihr ins Gesicht und sie schob sie weg.

„Sie werden erwarten, dass wir in diese Richtung gehen. Es wäre auch für sie einfacher, uns auf dem Weg zu verfolgen."

Stimmt. Sie konzentrierte sich darauf, dicht hinter ihm zu laufen und auf den Beinen zu bleiben. Große Baumwurzeln ragten aus dem Boden, aber es gelang ihr, ihnen auszuweichen. Sie eilten weiter und umrundeten den riesigen Stamm eines Baumes.

Plötzlich kippte Cal nach vorne. Dani spürte, wie der Boden unter ihren Füßen weich wurde. Sie versank bis zu den Knien im Schlamm und unterdrückte einen Schrei.

Cal stieß einen Strom von Flüchen aus und zog einen Stiefel aus dem Schlamm.

Verdammt. Dani kämpfte darum, ihre Stiefel aus dem klebrigen Morast zu bekommen, doch sie versank nur noch tiefer.

„Kämpf nicht dagegen an", warnte er sie. „Das macht die Sache nur noch schlimmer. Bewege dich einfach langsam."

Sie ahmte Cals gleichmäßige Bewegungen nach und arbeitete langsam einen Fuß frei. Als sie ihr zweites Bein befreien wollte, war Cal bereits aus dem Schlamm heraus. Er stand jetzt neben ihr und hielt ihren Arm fest.

Dani zerrte und zerrte an ihrem Bein, dann stieß sie zischend einen kurzen Atemzug aus. „Ich stecke fest. Mein Fuß lässt sich nicht bewegen."

„Ich helfe dir." Cal schlang seine Arme um ihre Brust und zog fest an ihr.

Ihr Fuß löste sich und der Schwung schleuderte sie gegen Cal. Sie fielen beide auf den Dschungelboden.

Er hielt seine Arme um sie gelegt und drückte sein Gesicht an ihr Haar. „Okay?"

Sie ließ ihre Stirn einen Moment lang auf seiner Brust ruhen. „Ja."

Seine Hand glitt auf ihrem Rücken auf und ab. „Was für eine Nacht."

Es gelang ihr, ein hysterisches Lachen zu unterdrücken. „Das kann man wohl laut sagen."

Er setzte sich auf und zog sie mit sich hoch. „Wir haben noch nicht genug Abstand zwischen diese Typen und uns gebracht. Wir müssen weiter in Bewegung bleiben."

Dani stand auf und zog eine Grimasse angesichts des Schlamms, der ihre Hose und Stiefel bedeckte. Auf ihrem Top waren einige Schlieren, aber zum Glück nicht auf ihrer Kamera. Sie war ziemlich gut darin geworden, ihre Kamera zu schützen, wenn sie hinfiel oder vom Regen überrascht wurde. Es war ihr inzwischen zur zweiten Natur geworden.

„Ich verstehe das nicht", meinte sie. „Wir haben ihnen doch alles gesagt, was wir wissen. Niemand weiß, wo der Cintamani sich befindet."

„Die Typen von der Seidenstraße sind gut finanzierte Kriminelle, denen ein Menschenleben nichts bedeutet. Genau so war es auch, als mein Bruder in Ägypten mit ihnen zu tun hatte." Cals Tonfall klang hart und grimmig. „Sie haben lange Zeit nur hinter den Kulissen agiert, aber es sieht so aus, als würden sie jetzt ihren Spieleinsatz erhöhen. Diese Kerle, die uns angegriffen haben ... sie werden jedes Risiko eingehen, um die kleinste Chance zu nutzen, auf einen unbezahlbaren Schatz zu stoßen."

Als sie sich weiter durchs Gestrüpp kämpften, stellte Dani fest, dass der Dschungel hier noch dichter war.

Lianen, Blätter, Zweige – alles schien Dornen zu haben, die sich in ihrer Kleidung verfingen.

Als sie auf eine kleine Lichtung kamen, war es fast ein Schock. Das Licht war noch trübe, aber es reichte aus, um einen umgestürzten Baum auf dem Boden erkennen zu können. Der große Stamm war ausgehöhlt und wurde offensichtlich von Dschungeltieren als Unterschlupf genutzt.

Unvermittelt fluchte Cal. „Ich kann sie kommen hören."

Sie holte scharf Luft. „Wir könnten uns dort verstecken." Dani blickte wieder zum Baumstamm.

Cal überlegte. „Das ist keine schlechte Idee."

„Der umgestürzte Baum ..."

„Nicht da." Er blickte sich um. „Da drüben." Er ging zu einem der Bäume, die sie umgaben, und zeigte nach oben. „Klettere hinauf."

„Wir sollen auf einen Baum klettern?"

„Beeil dich. Keine Fragen."

Dani holte tief Luft und betrachtete den Baum. Dann hielt sie sich am Stamm fest und begann mit Cals Hilfe hochzuklettern. Als sie die untersten Äste erreichte, hielt sie sich daran fest und zog sich weiter nach oben.

Es war schwierig, und ein paarmal rutschten ihre Stiefel von den Ästen ab. Sie fügte ihrer Sammlung von Verletzungen ein paar neue Kratzer hinzu, und die Wunde an ihrem Arm brannte, aber schließlich zog sie sich auf einen dickeren Ast hinauf.

Cal war hinter ihr. „Höher."

Dani verdrehte die Augen, protestierte aber nicht.

Schließlich ließen sie sich auf einem großen, höher gelegenen Ast nieder. Das Blattwerk schloss sie komplett ein. Sie fröstelte, weil sie die kühle Morgenluft auf ihrer nackten Haut jetzt noch stärker spürte. Cals Arm legte sich um sie und zog sie an die wärmende Seite seines Körpers.

„Was jetzt?", flüsterte sie.

„Wir warten."

Dani hatte noch nie etwas gegen Warten gehabt. Auf die perfekte Aufnahme, das perfekte Licht oder den perfekten Gesichtsausdruck zu warten, fiel ihr leicht. Aber nass, verängstigt und müde – von den Schmerzen ganz zu schweigen – auf einem Baum mitten im Dschungel zu hocken, war definitiv viel schwieriger.

Sie bewegte sich, und der Schmerz schoss durch ihren Arm. Sie versuchte, ruhig zu bleiben, aber Cal bemerkte es trotzdem.

„Was ist los? Du hast dich bisher großartig geschlagen, Dani. Halte einfach noch ein bisschen durch."

Sie nickte. „Aber ich wurde angeschossen. Es tut wirklich weh."

„Lass mich mal sehen." Er zog ihre Hand von ihrem Arm und untersuchte ihre Wunde. Zischend stieß er einen Atemzug aus.

Ihr Magen krampfte sich zusammen. „O Gott. Wie schlimm ist es?"

„Nun ... du wirst wohl ein Pflaster brauchen."

Dani hörte die Belustigung in seinem Tonfall und erstarrte. „Ein Pflaster? Bei den Schmerzen brauche ich ganz bestimmt mehr als nur ein Pflaster."

„Dani, die Kugel hat dich nur gestreift." Er strich ihr die Haare aus dem Gesicht. „Dir geht es gut."

Ihr Haar war hoffnungslos verknotet. „Ich bin steif vor Dreck und wurde angeschossen ... das nenne ich nicht gut."

Ein winziges Lächeln umspielte seine Lippen. „Nun, der Dreck steht dir."

„Lügner."

„Und du wurdest nicht richtig angeschossen, du hast lediglich einen Streifschuss abbekommen, das ist alles."

„Hör auf, mir das unter die Nase zu reiben", brummte sie.

Er fasste ihr Kinn und sein Gesicht wurde plötzlich ernst. „Als ich gesehen habe, wie du getroffen wurdest ... war ich ..." Seine Stimme brach.

Etwas in ihr wurde weicher, und sie legte eine Hand auf seine. „Es geht mir gut, Cal. Ich habe mir viel mehr Sorgen um dich gemacht. Ich hatte Angst, dass sie dich umbringen."

Sie starrten sich einen Moment lang an und Dani spürte, wie ihr Mund trocken wurde. Ihr wurde klar, wie viel ihr Geständnis über ihre Gefühle für diesen Mann verriet. Gott, sie konnte sich doch nicht wirklich in ihn verlieben, mitten in diesem höllischen Chaos, oder?

Sie räusperte sich. „Glaubst du, dass es Jean-Luc und den anderen gut geht?"

Cal holte tief Luft. „Ich hoffe es. Die Seidenstraße scheint sich jetzt auf dich und mich zu konzentrieren. Wenn sie es schaffen, hier hinauszukommen und Jean-Luc zu einem Arzt zu bringen, wird es ihm bald besser gehen."

Dann richtete Cal sich auf und tippte ihr auf die Schulter, bevor er einen Finger an den Mund legte. Sie wurde steif wie ein Brett und spähte durch die Äste auf die kleine Lichtung hinunter. Sehen konnte sie allerdings nichts.

Cal bewegte seinen Finger, um nach links zu deuten. In diesem Moment sah sie die Schatten, die am Rande der Baumgrenze entlangschlichen. Sie waren zu dritt, alle schwarz gekleidet, und bewegten sich lautlos durch die Vegetation.

Als die Männer näher kamen, hörte sie sie miteinander murmeln. Das Licht reichte jetzt aus, um die Waffen in ihren Händen zu erkennen.

Es dauerte nur Sekunden, bis sie zu dem hohlen Baumstamm hinübergingen und hineinschauten. Dani schloss ihre Augen und dankte Gott, dass Cal ihre dumme Idee abgelehnt hatte.

Die Männer der Seidenstraße drehten noch eine Runde über die Lichtung, bevor sie wieder zwischen den Bäumen verschwanden.

Cal bewegte sich ein wenig und sie spürte, wie seine Lippen ihr Ohr berührten. „Wir müssen noch ein bisschen hier oben bleiben. Um sicherzugehen, dass sie wirklich weg sind."

Sie schaffte es, mit hängenden Schultern zu nicken.

„Warum schläfst du nicht ein wenig?", schlug er vor.

„Schlafen?", flüsterte sie. „Meinst du, ich kann nach all dem hier schlafen? Auf einem Baum?"

Sie sah das Aufblitzen seiner weißen Zähne. „Ich werde dich nicht fallen lassen."

Nein, das würde er nicht. Sie wusste es tief in ihrem

Inneren. Sie wusste, dass Cal sein Leben geben würde, um andere zu schützen, um sie zu beschützen.

Dani schmiegte sich enger an diesen beschützerischen und gefährlichen Mann. Sie war überzeugt, dass sie auf keinen Fall einschlafen würde.

Aber die Erschöpfung und das abklingende Adrenalin waren zu viel für sie. Ihre Augenlider wurden schwer, und als Cal ihren Kopf an seine Brust zog, beruhigte sie sein gleichmäßiger Herzschlag an ihrem Ohr.

Der Schlaf übermannte sie.

KAPITEL NEUN

Trotz ihrer angespannten Situation genoss Cal es, Dani in seinen Armen zu halten. Er spürte, als sie schließlich einschlief und darauf vertraute, dass er auf sie aufpasste. Er strich mit einer Hand über ihr Haar und beobachtete das regelmäßige Heben und Senken ihres Brustkorbs.

Sie hatte sich in diesem Wahnsinn verdammt gut geschlagen. Sie war nicht zusammengebrochen. Sie hatte sich sogar gewehrt.

Dieser schreckliche Moment, als er mitangesehen hatte, wie sie getroffen wurde ... er kniff die Augen zusammen. Wieder sah er Martys blutiges Gesicht, während Cal ihn in seinen Armen hielt. Der SEAL, der *Freund*, dem er geschworen hatte, ihm immer den Rücken freizuhalten.

Der Freund, der in seinen Armen gestorben war.

Für eine Sekunde lösten sich die dichten Dschungel-bäume um ihn herum in der Erinnerung auf, und er hörte wieder das Rattern der automatischen Maschinengewehre, fühlte die Wüstensonne auf seinem Gesicht, hörte die verzweifelten Schreie. Er spürte sogar das klebrige Blut von Marty an seinen Händen.

Cals Griff um Dani wurde unbewusst fester, und sie gab einen leisen Laut von sich und drückte ihr Gesicht gegen seine Brust, um sich tiefer darin zu vergraben. Cal stieß einen bebenden Atemzug aus. Sie war am Leben. Es ging ihr gut.

Er musste sie aus diesem Dschungel heraus und in Sicherheit bringen. Er wünschte sich nichts sehnlicher, als dass er sein Satellitentelefon noch hätte. Doch wenn er sich nicht bei Darcy meldete, würde sie wissen, dass etwas nicht stimmte. Alle Mitglieder von Treasure Hunter Security trugen einen Peilsender in ihren Uhren. Er würde seine Leute direkt zu ihnen führen.

Aber es würde noch lange dauern, bis Logan und Morgan sie hier finden würden. Zu lange.

Er strich wieder über ihr Haar. Verdammte Seidenstraße. So lange waren sie nur wie Schatten gewesen, nur vage Gerüchte, über die in dunklen Ecken geflüstert wurde. Es hatte Ausgrabungen gegeben, bei denen Artefakte still und leise abhandengekommen waren, und auf mysteriöse Weise waren wertvolle Gegenstände aus Museumsausstellungen verschwunden. Die Menschen hatten nichts Konkretes über die Seidenstraße gewusst.

Nun, es sah so aus, als wären sie jetzt deutlich sichtbar auf die Bühne getreten – laut und stolz.

Cal drehte sein Handgelenk, ohne Dani zu wecken, und sah auf seine Uhr. Die Sonne ging auf, und sie würden nicht mehr lange den Schutz der Dunkelheit haben, der ihnen bisher geholfen hatte. Im besten Fall würden die Gangster wieder verschwinden und sie in Ruhe lassen, jetzt wo sie wussten, dass sie den Cintamani nicht hatten.

Aber Cals Gefühl sagte ihm, dass das nicht passieren würde. Sie wollten keine Zeugen zurücklassen.

Logan und Morgan würden kommen. Bis dahin mussten sich Cal und Dani einfach verstecken und durchhalten.

Als die Temperatur stieg und mehr Sonnenlicht durch die Bäume fiel, rüttelte er Dani wach. „Zeit aufzustehen, meine Schöne."

Sie blinzelte schläfrig und sah verdammt süß aus, mit ihren geröteten Wangen und dem Schlaf, der ihr noch in den Augen klebte. Sie hatte ihren stacheligen Schutzpanzer abgelegt. Ihr Haar lag in einem dunklen Gewirr um ihr Gesicht, und sie hatte eine Schlammspur auf der Wange. Cal fragte sich, warum er sie in diesem Moment schöner fand als jemals zuvor.

Er streckte eine Hand aus und begann, ihr Haar vorsichtig zu entknoten.

Sie beobachtete ihn. „Können wir nicht einfach hierbleiben?"

„Es ist sicherer, wenn wir in Bewegung bleiben. Wir müssen nur etwas mehr Abstand zwischen uns und ihnen bringen und durchhalten, bis mein Team hier eintrifft. Ich dachte, wir suchen uns einen sicheren Ort, um uns etwas zu erfrischen und auszuruhen."

Sie nickte leicht. „Wie wird dein Team uns denn finden?"

Er hob sein Handgelenk. „Peilsender in meiner Uhr. Wenn mir etwas zustößt, nimmst du die an dich."

Ihr Gesicht wurde ein wenig blass. „Mir wäre es lieber, wenn dir nichts passieren würde. Du hast mir nämlich ein bequemes Hotelbett mit frischen Laken versprochen."

Er streckte die Hand aus, berührte ihr Kinn und strich sanft über ihre Kieferpartie. „Das stimmt. Ich habe noch viele Dinge im Sinn, die ich mit dir machen möchte." Er strich mit dem Daumen über ihre Lippen. „Unanständige, schmutzige Dinge."

Sie beobachtete ihn unentwegt. „Ach?"

„Und nach diesen Dingen ..." Nach einem Einsatz ging Cal gern in die Berge, um zu klettern oder Ski zu fahren. Aus irgendeinem Grund konnte er sich nicht vorstellen, Dani allein in einem Bett zurückzulassen, um wieder dem Adrenalin nachzujagen. „Sagen wir einfach, ich habe vor, den Dschungel für eine lange Zeit nicht mehr zu betreten."

Sie lachte. „Das verstehe ich."

Sie kletterten den Baum hinunter und Cal schwang sich seinen Rucksack auf den Rücken. Das geringe Gewicht ließ ihn die Stirn runzeln. Ihm war bewusst, dass sie nur begrenzte Ausrüstung und Lebensmittel dabeihatten.

Eins nach dem anderen, Ward. Er nahm Danis Hand und sie machten sich auf den Weg durch die Bäume.

Bei Tageslicht war es leichter, voranzukommen. Cal war wachsam und lauschte auf Anzeichen von der Seidenstraße. Nichts.

„Ich würde mir gern den Schmutz abwaschen." Dani blickte auf ihre Stiefel und Beine hinunter. Sie war voller

Schlamm, und Cals Kleidung sah nicht viel besser aus. „Meinst du, sie sind weg?"

Er wusste, von wem sie sprach. „Nein. Die Seidenstraße ist hartnäckig. Sie haben jetzt den Cintamani ins Visier genommen und werden so lange danach suchen, bis sie ihn gefunden haben. Gerüchten zufolge dulden die Bosse der Seidenstraße keine Fehlschläge."

Dani zitterte. „Und wer sind die Bosse der Seidenstraße?"

„Das weiß niemand genau."

„Ich bin froh, wenn ich nie wieder jemanden von der Seidenstraße zu Gesicht bekomme."

Nach ein paar Stunden fischte Cal Energieriegel aus dem Rucksack und sie legten eine kurze Essenspause ein. Je tiefer sie in den Dschungel vordrangen, desto heißer wurde es und desto mehr Moskitos schwirrten um sie herum. Schon bald spürte Cal, wie sich der Schweiß auf seiner Stirn sammelte und die Rückseite seines Hemdes durchnässte. Wenigstens hatte es keine Hinweise darauf gegeben, dass die Seidenstraßen-Söldner ihnen gefolgt waren.

„Was ist das?", Dani deutete nach rechts durch die Bäume

Er schob sich vor sie und konnte gerade noch einen hellen Lichtblitz vor dem leuchtenden Grün ausmachen. Er zog seine SIG heraus. „Bleib hinter mir."

Vorsichtig bewegten sie sich durch die Bäume. Cal schob einige Ranken zurück und seine Augen weiteten sich.

Dann hörte er ein *Klicken*.

Dani ging an ihm vorbei und hatte ihre Kamera erhoben. „O mein Gott, das ist ja unglaublich."

Zwischen den Bäumen, umrankt von Lianen, lag das Wrack eines Flugzeugs.

So wie es aussah, war es schon vor langer Zeit abgestürzt. Der Hauptteil des Rumpfes war noch intakt, aber das Heck war nicht mehr erkennbar und die Flügel waren zerbrochen. Der Dschungel tat sein Bestes, um sich alles zurückzuholen. Bäume, Sträucher und Lianen wuchsen durch die zerbrochenen Fenster und das große Loch in der Seite.

„Es sieht aus wie ein alter Cargo-Flieger." Das Wrack war zu beschädigt, als dass er noch Marke und Modell hätte erkennen können. „Sieht jedenfalls ziemlich alt aus."

Dani gab einen leisen zustimmenden Laut von sich, war aber bereits mit dem Fotografieren beschäftigt. Cal schüttelte den Kopf. Gott bewahre, dass sich jemand zwischen Dani und ihre Kamera stellte.

Nachdem sie fertig war, kletterte Cal vorsichtig hinein. Es sah aus, als wäre es schon vor langer Zeit durchwühlt worden, aber er sah sich dennoch kurz um. Vielleicht gab es hier noch etwas, das sie gebrauchen konnten.

Er fand eine Decke, die noch in einer Plastikhülle steckte und unter einem Sitz gefaltet war. Es war nicht viel, aber es würde reichen. Er verstaute sie in seinem Rucksack.

„Lass uns weitergehen", sagte er.

Sie warf einen letzten wehmütigen Blick auf das Flugzeug, dann marschierten sie weiter. Er konnte die

Müdigkeit in ihrem Gesicht sehen. Sie mussten sich bald ausruhen.

Cal versuchte, ihre Position und den Sonnenstand abzuschätzen, um eine Orientierung zu bekommen, damit sie sich in Richtung des nächstgelegenen Dorfes bewegten, aber die Bäume machten es verdammt schwer, eine eingeschlagene Route einzuhalten.

Aber solange sie sich nicht in der Nähe der Seiden-straßen-Söldner befanden, war er schon zufrieden.

Kurze Zeit später hörte er ein leises Geräusch und blieb stehen.

Dani war angespannt. „Sind sie das?"

Cal legte seine Hand auf ihren Arm. „Nein." Er lächelte. „Das ist etwas anderes. Komm."

Jetzt bewegte er sich etwas schneller, und einen Moment später brachen sie aus den Bäumen heraus. Ein seichter Fluss schlängelte sich vor ihnen, und hinter einer kleinen Biegung hörte Cal das gleichmäßige Rauschen eines Wasserfalls.

Dani runzelte die Stirn. „Ist das ...?" Ein Lächeln erhellte ihr Gesicht, und sie schob sich an ihm vorbei.

Cal folgte ihr, und als sie um die Biegung kamen, sah er einen hübschen kleinen Wasserfall, der über einige Felsen stürzte. Er war nicht sehr groß, vielleicht so hoch wie er selbst, aber es war herrlich frisches Wasser.

Das breite Lächeln auf Danis Gesicht ließ ihn sich wie ein Held fühlen. Sie blickte zu ihm auf. „Ist es sicher genug zum Waschen?"

Der Fluss war nicht sehr tief, und nachdem er sich kurz umgesehen hatte, nickte er. „Los gehts."

Sie stieß einen langen Seufzer aus. „Ich kann es

kaum erwarten, endlich wieder sauber zu werden." Sie legte ihre Kamera ab und zog sich ihr Tanktop über den Kopf, sodass sie nur noch in einem einfachen, schwarzen BH dastand.

Cal räusperte sich. „Geh dich ruhig waschen. Ich überprüfe die Umgebung." Niemand kam in die Nähe von Dani.

Sie grinste ihn über ihre nackte Schulter an. „Danke."

Mit einem Nicken ging er zurück zu den Bäumen. Er wollte nicht daran denken, dass sie sich in diesem Moment ausziehen würde, dass sie gleich nackt im Fluss stehen und das Wasser über ihre zarte Haut gleiten würde.

„Verdammt." Sein Schwanz wurde hart.

Er stieß einen tiefen Atemzug aus. Sie hatte eine harte Nacht hinter sich. Er hatte nicht vor, sie hier auszunutzen. Aber wenn sie erst einmal hier raus waren ... nun, dann war alles möglich. Aber im Moment wollte er sich zusammenreißen und kein Arschloch sein.

Cal zwang sich, die Umgebung abzusuchen. Er sah keine Anzeichen dafür, dass jemand in ihrer Nähe war. Keine Geräusche, keine entfernten Stimmen. Sie hatten etwas Abstand zwischen sich und die Seidenstraßen-Söldner gebracht, genug, um sich ein wenig auszuruhen, aber er würde nicht ruhen, bis er Dani sicher aus dem Dschungel herausgebracht hatte.

Er fand eine Stelle, die von dichter Vegetation verdeckt war und etwas höher lag. Dort breitete er die Decke aus und setzte seinen Rucksack ab. Dies hier war der sicherste Platz.

Dani sollte inzwischen genug Zeit gehabt haben, sich zu waschen und wieder anzuziehen. Er ging zurück zum Wasserfall, trat aus den Bäumen heraus und erstarrte.

Die Luft blieb ihm in der Brust stecken, und sein Blut begann zu pulsieren. Ein urtümlicher, instinkthafter Impuls.

Dani stand völlig nackt unter dem Wasserfall, das Gesicht in die Gischt gehoben. Sie hatte ihre Kleidung gewaschen und ordentlich auf einem Felsen in der Nähe ausgebreitet.

Cal konnte seinen Blick nicht von ihr abwenden.

Sie war hochgewachsen, hatte sanfte Kurven und schlanke, durchtrainierte Beine. Ihr Haar war nass – eine Masse aus dunklen, feuchten Locken, die ihr über den Rücken hingen.

Primitives Verlangen überkam ihn. Er konnte sich nicht daran erinnern, jemals mit einer solchen Intensität und Lust jemanden begehrt zu haben.

***

DANI WUSCH sich den Schrecken und die Müdigkeit der Nacht weg.

Das kühle Wasser fühlte sich wunderbar auf ihrer Haut an und säuberte sie von Schmutz, Schlamm und Blut. Sie wusste nicht mehr, wie lange sie dort gestanden hatte, während das Wasser ihren Kopf umspülte.

Dann spürte sie, wie sich zwei starke Arme von hinten um sie legten, und sie keuchte auf.

Sie hatte keine Zeit, um Angst zu haben. Sie

erkannte ihn sofort – seine männliche Kraft und seinen warmen Duft.

Seine Lippen drückten sich gegen ihren Hals und sie presste sich ihm entgegen. In einer Sekunde wechselte ihr Körper von entspannt zu erregt. Das Verlangen flammte in ihr auf wie ein Funke, der auf Benzin trifft.

Sie drehte sich um und presste ihren Mund auf seinen. Plötzlich hörte einen gierigen, wilden Laut und merkte, dass er von ihr kam. Sie hatte sich so lange vor ihrer eigenen Leidenschaft gefürchtet, und jetzt schien dieser Mann die Schleusen bei ihr weit geöffnet zu haben.

Er küsste sie heftig, seine Zunge glitt in ihren Mund, um ihn zu erforschen und zu schmecken. Ihre Hände gruben sich in seine Schultern, kneteten die harten Muskeln. Sie spürte etwas unter ihren Fingerspitzen – Narben, wie sie feststellte. Später würde sie sich Zeit nehmen, sie genauer zu erkunden.

Aber im Moment brauchte sie mehr. So viel mehr. Sie fühlte sich wild, außer Kontrolle, und sie liebte es. Sein Kuss wurde hart, animalisch.

Dann riss er seinen Mund von ihrem und wich ein Stück zurück.

Sie blickte auf und sah das Verlangen in seinem Gesicht und die Kontrolle, um die er sichtbar kämpfen musste.

Seine Hände ballten sich zu Fäusten. „Dani. Du hattest eine harte Nacht hinter dir. Du wurdest ange-schossen ..."

„Nur gestreift."

Er hob eine Augenbraue. „Oh, jetzt ist es also nur ein

Streifschuss?" Er schüttelte den Kopf und atmete aus. „Deine Abwehrkräfte sind geschwächt, Dani. Ich werde dich hier nicht ausnutzen."

Er trat einen Schritt zurück. Sie entdeckte seine Waffe, die auf einem Felsen in der Nähe lag, und er hatte sein Hemd ausgezogen – verdammt, seine Brust war zum Anbeißen –, seine Hose aber noch angelassen. Sein Schwanz zeichnete sich als harter, dicker Umriss gegen den dunklen Stoff ab.

Er trat einen weiteren Schritt zurück, und ihre Brust zog sich zusammen. Callum Ward, der Mann, der ihr gesagt hatte, es ginge ihm nur um heißen, oberflächlichen Sex, verhielt sich unglaublich rücksichtsvoll und edel. Sie spürte, wie sein eigenes Verlangen in ihm pochte.

Sie trat wieder näher an ihn heran und blieb dann stehen, nur noch ein paar Zentimeter vor ihm. „Cal, es geht mir gut."

Er schüttelte den Kopf.

„Ich bin am Leben. Das verdanke ich dir. Wir haben es lebend herausgeschafft, und darüber bin ich verdammt froh." Sie griff nach oben und fasste sich selbst an die Brüste.

Sein hungriger Blick richtete sich auf sie. Sein Gesicht war von innerer Zerrissenheit gezeichnet. „Gott, du bist so schön. Groß und schlank, diese niedlichen Brüste, gekrönt von diesen hübschen rosa Brustwarzen."

Feuchtigkeit sammelte sich zwischen ihren Beinen. „Du hast mir unanständige, schmutzige Dinge versprochen."

Er erschauderte. „Ich nutze das hier nicht aus ... ich will nicht, dass du mich danach hasst."

Als ob das jemals passieren könnte. Dani war immer ehrlich zu sich selbst. „Halt einfach die Klappe, Cal."

Sie war sich nicht ganz sicher, wer zuerst nach wem griff, aber das Nächste, was sie wusste, war, dass sie sich beide gegenseitig hielten.

Sein Mund fand den ihren. Der wilde, ungestüme Kuss raubte ihr den Atem und ließ ihren Puls in die Höhe schnellen. Seine Hände glitten ihre Seiten entlang

„So zart." Seine Stimme klang belegt, heiser. Er umfasste ihre Brüste, seine Finger strichen über ihre Brustwarzen.

Dani packte ihn und kratzte mit ihren Nägeln über seine Brust und seine breiten Schultern. Er drehte sie beide, und das Wasser ergoss sich über sie. Dann beugte er sie nach hinten, und sein Mund biss in ihre Brustwarze. Sie schrie auf, das Geräusch wurde vom Wasser verschluckt, und versenkte ihre Hände in seinem Haar.

Als er sich der anderen Brust zuwandte, griff sie blindlings nach unten und riss an den Knöpfen seiner Hose.

Er stöhnte. „Ich habe das Gefühl, dass ich dich schon immer gewollt habe."

„Ich dich auch."

Er sah auf und lächelte. „Seitdem du in Angkor so abweisend zu mir warst."

„Du warst so was von dir selbst eingenommen."

Er stieß mit seiner Hüfte gegen sie. „Aber immer doch."

Sie lachte, und er begann, sie zurückzudrängen. Als ihr Rücken die warmen Felsen berührte, beugte sie sich vor und drückte ihre Lippen auf seine Brust. Sie ließ

Küsse auf seine Haut regnen, während sie immer noch an seinem Hosenbund nestelte. Schließlich öffnete sich seine Hose. Cal zog sie mitsamt seinen Boxershorts hinunter, griff beide Kleidungsstücke und warf sie ans Flussufer.

Eine Sekunde später umfasste Dani seinen Schwanz mit ihren Händen.

„Verdammt." Er packte sie und drückte sie gegen den Felsen. Sie gab einen kleinen, bedürftigen Laut von sich, und er küsste sie erneut. Sie griffen mit gierigen Händen nacheinander. Cals Hand glitt zwischen ihre Schenkel und sie drückte sich ihm entgegen.

„So zart, wunderschön und so feucht."

„Ja, genau da", keuchte sie. „Hör nicht auf, Cal."

„Gefällt dir das?" Er strich mit seiner Hand über ihren Spalt, bevor er einen dicken Finger in ihr versenkte, während sein Daumen in einem reibenden Kreis ihre Klitoris neckte.

Sie drückte sich fester gegen ihn. „Ja."

Er streichelte sie weiter, und ihr Körper zitterte, eine einzige lebendige Masse aus Leidenschaft.

Dann zog er seine Hand weg.

Sie keuchte auf. „Nein ..."

Seine Hände glitten unter ihren Hintern und er hob sie hoch. Sie schlang ihre Beine um seine schlanken Hüften, und als sein Schwanz sie berührte, stöhnten beide auf. Er bewegte seine Hüften und sie spürte, wie sich die dicke Spitze seines Schwanzes zwischen ihre Lippen schob.

Dann erstarrte er, seine Muskeln spannten sich unter ihren Händen an. „Scheiße ... ich habe keine Kondome."

„Ich bin gesund", keuchte sie. „Und ich habe ein Verhütungsimplantat."

Er griff nach ihren Schenkeln und schob sie weit auseinander. „Ich bin auch gesund. Und ich hatte keinen ungeschützten Sex mehr seit ... verdammt, ich hatte noch nie welchen."

Sie leckte sich über die Lippen und sah das heiße, besitzergreifende Flackern in seinen Augen. „Ich will dich in mir spüren."

Mit einem harten Stoß drang er in sie ein.

„CAL!"

Ja, es fühlte sich gut an. Intensive Empfindungen überfluteten Cal, angespornt von Danis Stöhnen. Er verharrte tief in ihr, prägte sich das Gefühl ein und kämpfte gegen das verruchte Bedürfnis an, sie ungestüm zu nehmen. Sie war so heiß und eng um ihn herum. Die Lust pulsierte in seinem Bauch.

Ihre Nägel gruben sich in seine Schultern. „Beweg dich, verdammt noch mal."

Ihre Worte verdrängten jegliche noch vorhandene Selbstbeherrschung in ihm und setzten sein wildes Verlangen frei. Er zog sich zurück und stieß dann wieder hart in sie hinein. Mit langen Stößen drang er in sie. Sie gab einen gutturalen Laut von sich, und Cal ergriff ihre Hände, verschränkte ihre Finger ineinander und hielt sie über ihrem Kopf fest.

Während seine Hüften pumpten, konzentrierte sich sein Blick auf ihr Gesicht. Das Leuchten ihrer verschiedenfarbigen Augen, die Lust in ihrem Ausdruck und diese vollen Lippen. Es war ein wunderschönes Gesicht, und für ihn fühlte es sich an wie sein Ein und Alles.

Cal spürte, wie ihr Körper erbebte, und wusste, dass sie kurz davor war. Er bewegte sich immer härter in ihr und war schockiert über dieses Verlangen, das er nach ihr hatte. Für ihn war Sex immer ein schneller, oberflächlicher Ritt gewesen, nicht diese alles verzehrende Leidenschaft.

„Ich komme", stöhnte sie.

Fleisch klatschte gegen Fleisch. „Komm, Dani. Aber du musst leise sein, Baby. Eines Tages werde ich dich dazu bringen, meinen Namen so laut zu schreien, wie du kannst ... aber jetzt küss mich und komm auf meinem Schwanz."

Sie blickte zu ihm auf, und pure Lust stand in ihrem Gesicht. Ihre Augenlider flatterten, als ihr Höhepunkt sie überrollte. Ihre Hüften schnellten nach vorne, ihr Mund traf auf seinen, und Cal schluckte ihre Schreie.

Eine Sekunde später ergoss er sich und verharrte tief in ihr, wobei er sie weit dehnte.

Sie blieben so stehen, nur sein Gewicht hielt sie gegen den Felsen. Verdammt, Cal war sich nicht sicher, ob er sich überhaupt noch bewegen konnte, aber er war mehr als glücklich, so zu verharren, an Danis schlanken Körper gepresst. Er drehte seinen Kopf und vergrub sein Gesicht in ihrem Haar.

Sie bewegte sich etwas und ihre inneren Muskeln umklammerten ihn.

Er gab ein gequältes Stöhnen von sich. „Nicht mehr, du hast mich fertiggemacht."

Sie legte ihr Gesicht an seine Wange und lächelte. „Ist das etwa eine Beschwerde?"

„Zur Hölle, nein. Ich habe vor, noch viel mehr mit dir zu machen." Mit einem weiteren Stöhnen zog er sie von der Wand weg und drückte sie eng an sich.

Dann schnappte er sich seine SIG und ihre Kleidung und sie kehrten zum Flussufer zurück. Er trug sie zu dem sicheren Platz, den er zuvor gefunden hatte, wo er niederkniete und sie auf die Decke legte. Das war ein schöner Anblick. Erst vor wenigen Augenblicken hatten sich diese langen, schlanken Beine um seine Hüften geklammert, und verdammt, er wollte sie wieder dort spüren. Er schob ein Knie zwischen ihre Beine und beugte sich über sie.

„Ich könnte dich den ganzen Tag lang anschauen."

Ihr Lächeln war entspannt und zufrieden. „Willst du etwa nur gucken?"

„Nun ... ich denke daran, schon bald wieder mit dir zu schlafen." Er beugte sich hinunter und drückte ihr einen Kuss auf den Bauch. Sie zitterte unter seinen Lippen. „Es war so verdammt gut beim ersten Mal."

„Das war es." Ihre Hände fuhren in sein Haar.

Er küsste sie am ganzen Körper und liebkoste ihre Brüste. Dann hielt er inne und drückte einen Kuss auf den Streifschuss an ihrem Arm.

„Ich war zu Tode erschrocken, als ich sah, wie du getroffen wurdest", sagte er wieder.

Sie umfasste mit ihren Händen seine Wangen, und ihre Augen blickten ernst. „Mir geht es gut. Zum Glück für mich bist du sehr gut in deinem Job."

Er holte tief Luft. „Ich tue mein Bestes, verdammt.

Das Leben von Menschen hängt davon ab." Er spürte, wie der alte Schmerz wieder in ihm aufflammte. „Ich habe schon einmal versagt."

Sie zwang seinen Blick zurück zu ihrem. „Keiner ist perfekt, Cal. Und glaub mir, was du tust ... ich kenne niemanden, der sein eigenes Leben riskieren würde, um andere zu beschützen. Keiner der Menschen aus meiner Vergangenheit würde sich selbst jemals zurückstellen." Ihre Finger streichelten über seine Wangen. „Du bist ein Held."

„Halt die Klappe."

„Oh, du hörst nicht gern, dass du ein Held bist?"

Er bewegte sich nach unten, knabberte an ihrem Bauch und streifte mit seinen Zähnen über ihren Hüftknochen.

Sie presste sich ihm entgegen. „Du versuchst, mich abzulenken."

„Funktioniert es?" Er gab ein knurrendes Geräusch von sich und knabberte an der Innenseite ihres Schenkels. „Vielleicht muss ich einen anderen Weg finden, dich endlich ruhig zu stellen. Und leider müssen wir wirklich leise sein. Wir sind hier zwar ziemlich gut versteckt, aber ich gehe nun einmal kein Risiko ein."

Als sein Mund zwischen ihre Beine wanderte und sich über ihr schloss, wand sie ihre Hüften und schrie auf. „Nein, Cal."

Er leckte sie erneut. „Magst du das nicht?"

„Ich habe das nie wirklich genossen. Ich mag das Gefühl nicht, im Mittelpunkt zu stehen." Ein Anflug von Verletzlichkeit huschte über ihr Gesicht. „Ich würde es vorziehen, dich in meinem Mund zu haben."

Verdammt, der Gedanke an ihre Lippen, die sich um seinen Schwanz spannten, brachte sein Blut in Wallung. Aber er wusste, was hier wirklich los war. Seine schöne Geliebte gab nicht gern die Kontrolle ab. Er küsste erneut ihren Schenkel. „Baby, ich werde dir die Chance dazu geben. Aber jetzt möchte ich, dass du dich zurücklegst und einfach genießt."

Sie ließ sich zurück auf die Decke fallen, ihr Körper war jetzt steif wie ein Brett.

„Wir haben keine Eile, wir haben alle Zeit der Welt." Seine Stimme war leise und entspannt. „Ich könnte einfach hier sitzen und dich anschauen, genau hier in diesem kleinen Versteck, wo du noch ganz errötet und feucht und geschwollen bist, weil ich gerade noch in dir war."

Sie drückte sich gegen die Decke.

„Einfach loslassen. Genieße es." Er presste seinen Mund wieder auf sie, ohne die Absicht, betont sanft zu sein.

Er saugte und leckte an ihr, er liebte ihren Geschmack. Wieder griffen ihre Hände in sein Haar und zerrten kräftig daran.

„Ich ... komme", keuchte sie und krümmte sich unter ihm.

Dann schloss er seine Lippen um ihre Klitoris und saugte fest daran.

Danis Körper spannte sich an und sie gab einen unverständlichen Laut von sich. Cals Schwanz war inzwischen wieder hart, das Verlangen brannte lichterloh in ihm. Er ließ sich auf sie sinken und schob ihre

Schenkel weit auseinander. Als sein Schwanz in sie hineinglitt, fühlte es sich an, als käme er nach Hause.

Dieses Mal waren seine Bewegungen langsamer. Er spürte nicht dieses dringende Verlangen wie beim ersten Mal. Er ließ sich Zeit, und als sie wieder zum Höhepunkt kam, stöhnte er gleichzeitig seinen eigenen Orgasmus heraus, während sie ihre Zähne in der Haut seiner Schulter versenkte, um ihre Schreie zu dämpfen.

Befriedigt und mit einem verdammt guten Gefühl legte er sich neben sie und zog sie an sich.

„Danke", murmelte sie.

Er knabberte an der empfindlichen Stelle unter ihrem Ohr. „Na ja, wenn ich das annehmen würde, wäre ich ein Arschloch, denn ich habe es genauso genossen wie du." Er küsste die Seite ihres Halses. „Aber weißt du, wenn du in Geberlaune bist, habe ich da ein paar Ideen."

Ihr Schlag gegen seine Brust hatte einen ziemlichen Schwung.

KAPITEL ZEHN

Dani döste, die Hitze des Dschungels und Cals Umarmung lullten sie ein. Ihr Körper pochte mit einigen unangenehmen Schmerzen und doch hatte sie es kaum bemerkt, dass Cal sie beide mit Mückenschutzmittel eingesprüht hatte.

Sie war sich der Tatsache bewusst, dass Cal nicht in einen tiefen Schlaf gefallen war, sondern immer noch irgendwie wach und einsatzbereit wirkte. Seine Waffe lag nur wenige Zentimeter von ihm entfernt. Sie drehte sich und sah ihn an. Sein Gesicht wirkte entspannter und hatte etwas von der rauen Härte verloren, trotz seiner sexy Bartstoppeln.

Sein Körper war hart und zäh. Als sie sich die Narben auf seiner Brust genauer ansah, krampfte sich ihr Bauch zusammen. Er war schon mehr als einmal verletzt worden. Sie streckte die Hand aus und berührte einen dicken Narbenwulst auf seinem Bauch. Er hatte für sein Land gekämpft und war dabei verletzt worden.

Sie beugte sich hinunter und verteilte Küsse auf den

Narben. Sie mochte den Körperbau dieses Mannes sehr – harte Muskeln, bronzefarbene Haut. Er gab einen tiefen Laut aus seiner Kehle von sich, der verriet, dass er ihre Erkundung genoss.

Dani drückte ihn auf den Rücken, schwang ihr Bein über seine Hüfte und setzte sich rittlings auf ihn. Sie beugte sich hinunter und küsste seine Brust, wobei sie sich die Zeit nahm, seine Brustwarzen ausgiebig zu lecken.

Als sie den Kopf hob, sah er sie an, seine blauen Augen leuchteten.

„Nun, das ist eine besonders schöne Art aufzuwachen." Mit einer geschmeidigen Bewegung setzte er sich auf, seine Hände umklammerten ihren Hintern.

Sie küsste ihn. Es begann langsam, eine sexy Erkundung, aber das Verlangen flammte schnell wieder auf. Er stöhnte, seine Zunge glitt in ihren Mund, und sie erwiderte den Kuss mit all der Sehnsucht, die in ihrem Bauch anschwoll.

Er zog sie an den Haaren zurück und streichelte ihren Hals. „Gott, Dani, du bist so sexy."

Sie spürte seinen Schwanz unter sich, hart und bereit. Also hob sie ihre Hüften an, packte ihn und richtete ihn aus. Dann sank sie auf ihn hinunter.

Er stöhnte. Sie hob und senkte sich auf ihm, zuerst langsam, ließ ihn in sich hinein- und wieder herausgleiten. Gott, er dehnte sie, füllte sie aus. Sie merkte, dass er nach unten schaute, beobachtete, wo sie vereint waren, und das ließ ihre Muskeln sich zusammenziehen.

Seine starken Finger pressten sich in ihre Haut und drängten sie, sich schneller zu bewegen. Dann packte er sie und zog sie auf seine gesamte Länge hinunter, und Dani ließ ihren Kopf nach hinten fallen. Als sie kam, brach ein Schrei aus ihrer Kehle hervor und sie presste ihre Faust gegen ihren Mund, um ihn zu unterdrücken.

„Verdammt ... Dani." Er drückte sie hart auf sich und hielt sie fest, während er sich in ihr entleerte.

Sie ließ sich gegen seine Brust sinken, den Kopf auf seiner Schulter, und versuchte, wieder zu Atem zu kommen. Ihr ganzer Körper vibrierte.

Seine Hand streichelte ihren Rücken. „Tut mir leid, dass ich dir nicht das bequeme Bett bieten konnte. Ich würde dir jetzt gern etwas vom Zimmerservice bestellen." Nach einem weiteren Kuss setzte er sie zurück auf die Decke und griff nach seinem Rucksack.

Dani beobachtete interessiert, wie sich die Muskeln an seinem Hintern und seinen Oberschenkeln anspannten. Verdammt, der Mann sollte besser keine Kleidung tragen ... niemals. Sie zog ihre Kamera näher heran und wollte gern ein Foto von ihm machen. Aber das würde sie nicht tun, nicht ohne seine Erlaubnis.

„Ich würde dich gern so fotografieren."

Er versteifte sich, als hätte er einen stromführenden Draht berührt. „Nackt?"

„Nackt." Gott, das Unbehagen in seinem Gesicht war süß. „Wie du auf der Decke liegst, ein großer, gesunder, maskuliner Mann." Sie konnte es sich lebhaft vorstellen.

„Ich posiere nicht für irgendeine Art von Porno."

„Porno!" Sie schniefte. „Ich bin Künstlerin. Das ist kein Porno." Ihr Blick glitt über ihn. Oh, ja, sie würde diese bronzefarbene Haut, diese definierten Muskeln und die Konturen einfangen. „Es wäre nur für mich."

„Sagen alle, wenn sie jemanden überredet haben, nackt zu posieren, bevor die Fotos ins Internet hochgeladen wurden."

„Angsthase." Sie schwor sich, dass sie diese Aufnahme eines Tages machen würde.

Er reichte ihr einen weiteren Riegel und grinste. „Nun, du bist ja auch nackt. Ich lasse dich ein Nacktfoto von mir machen, wenn ich von dir auch eines schießen darf."

Dani schnappte sich ihr inzwischen sauberes Höschen und ihr Tanktop aus dem chaotischen Kleiderhaufen. „Nein. Ich bin die Fotografin, nicht das Motiv." Sie hörte ihn glucksen, ignorierte ihn aber. Ihre Hose war noch nicht ganz trocken, also hängte sie sie auf einen Ast. Cal, dem es völlig gleichgültig war, nackt zu sein, machte sich gar nicht erst die Mühe, sich zu bedecken. Und sie beschwerte sich auch nicht. Außerdem gefiel ihr die Tatsache, dass er ihr inzwischen genug vertraute, dass sie nicht heimlich ein Foto von ihm machte.

Sie knabberte an ihrem Müsliriegel und schaltete ihre Kamera ein. Dann begann sie, durch die Fotos zu blättern. Als sie eines von Jean-Luc und Sakada sah, die in die Kamera lächelten, schnürte sich ihre Kehle zu. „Gott, ich hoffe, die anderen haben es inzwischen hinausgeschafft."

„Ich auch."

Ein anderes Bild zeigte die komplizierten Details einer der Tempelwände. „Glaubst du, dass der Cintamani wirklich irgendwo hier draußen ist?"

Cal zuckte mit den Schultern. „Vielleicht. Ich bin mir ziemlich sicher, dass die Seidenstraße nichts unversucht lassen wird, um ihn zu finden."

Und dabei würden eine Menge Leute verletzt werden.

Sie betrachtete erneut das Bild der Tempelwand und merkte, dass die Menschen, die den Tempel gebaut hatten, dessen Konstruktion auf der Wand festgehalten hatten. Sie konnte deutlich die Form der Pyramide erkennen, und darüber war das Bild des Cintamani-Steins eingraviert. Zwei geschnitzte Rillen gingen vom Tempel aus – eine nach oben und eine nach rechts.

Sie beugte sich tiefer hinunter und rief die Aufnahme der nächsten Tempelwand auf. Diese zeigte einen einzelnen Turm, über dem wiederum der Cintamani eingemeißelt war. Ringsherum waren tanzende Frauen, Götter und Göttinnen in die Wand graviert. Wieder sah sie diese interessanten Rillen, die vom Cintamani ausgingen – diesmal nach unten und nach rechts.

Sie legte ihren halb gegessenen Müsliriegel ab und blätterte zur nächsten Aufnahme.

„Hast du jemals einfach nur innegehalten und den Moment genossen?"

Sie schaute auf. Cal trank gerade etwas Wasser aus seiner Flasche. Sie schnappte sie sich und nahm einen großen Schluck. „Oh, ja." Langsam ließ sie ihre Lippen vom Ende der Flasche gleiten.

Er schüttelte den Kopf und grinste. „Reiz mich nicht."

Sie schloss für eine Sekunde die Augen und stöhnte ein wenig.

„Hör auf damit, Dani. Wie sind deine Fotos?"

Mit einem Lächeln richtete sie sich auf. „Ich bin ziemlich zufrieden mit ihnen. Sobald wir es zurück in die Zivilisation geschafft haben ..." Zum Teufel, *falls* sie es hinausschaffen würden. Nein, so durfte sie nicht denken. Cal hatte gesagt, sein Team würde kommen, und sie vertraute ihm. Seltsam, dass sie diesem Mann – einem Mann, der vor Kurzem noch ein Fremder war und den sie anfangs nicht mochte – mehr vertraute als jedem anderen. „Sobald ich meinen Laptop habe, werde ich sie ein wenig bearbeiten. Ihre Vorzüge betonen."

Sie drehte die Kamera so, dass er den Bildschirm sehen konnte.

„Wow. Erstaunlich."

Sein Lob ließ sie innerlich glühen. Es war das Bild des Elefanten in Srah Damrei. Sie hatte das Licht und die Schatten des Dschungels genau richtig eingefangen, und es sah fast so aus, als wäre der riesige Elefant lebendig und im Begriff, loszulaufen. Sie drückte einen Knopf. Ihre nächste Aufnahme zeigte Dr. Oakley im Inneren des Linga-Tempels, eine Hand berührte die eingravierte Wand, sein Gesicht schaute konzentriert. Das nächste Foto war ein fesselndes Bild des Linga-Tempels von außen, eingebettet in den Dschungel, mit grüner Vegetation, sozusagen als Sahnehäubchen darauf.

„Du bist verdammt gut in deiner Arbeit, Dani."

Sie grinste ihn an. „Danke." Dann ließ sie die Diashow weiterlaufen.

Cal entdeckte ein Foto von sich und runzelte die Stirn. „So sehe ich nicht aus."

„Heldenhaft? Ein Abenteurer? Genau so siehst du aus."

Er gab einen verärgerten Laut von sich, sodass sie ihr Lächeln unterdrückte. Die nächsten Aufnahmen zeigten die Tempelwand, die sie zuvor betrachtet hatte.

„Deine Aufnahmen aus dem Inneren des Tempels sind absolut fantastisch." Er ließ sich neben ihr nieder. „Ich werde diesen Ort in guter Erinnerung behalten."

Sie gab ihm einen Klaps auf den Arm. „Du kannst doch nicht schon wieder an Sex denken, nachdem, was wir heute Morgen gemacht haben."

„Ich kann immer an Sex denken." Er streckte die Hand aus und spielte mit dem Ausschnitt ihres Tanktops, seine Finger strichen über die Haut zwischen ihren Brüsten. „Besonders, wenn du halbnackt neben mir sitzt."

„Nun, du bist *völlig* nackt. Vielleicht solltest du dir etwas anziehen?"

Er grinste sie an. „Ist mein nackter Körper zu viel Versuchung für dich?"

Sie warf ihm einen bedeutungsvollen Blick zu. „Ich werde mich nicht dazu herablassen, darauf zu antworten. Dein Ego ist auch so schon groß genug." Aber ihr Blick wanderte nach unten und sie verdrehte die Augen. „Na gut, du bist hinreißend. Und jetzt zieh dir endlich etwas an."

Er schlüpfte in seine Cargohose und zuckte ein wenig zusammen. „Immer noch feucht." Er machte sich nicht die Mühe, sie zuzuknöpfen.

„Feucht, aber nicht mehr mit Schlamm und Blut bedeckt."

175

„Stimmt."

Sie sah sich die Fotos noch einmal an. „Ich bin wirklich froh, dass ich die besten Momente dieser Expedition festhalten konnte ... bevor alles furchtbar schiefging." Das nächste Foto einer Tempelwand erschien. In der Mitte dieser Aufnahme war eine Art kleiner Schrein zu sehen, darüber der ovale Cintamani. Und wieder diese seltsamen Linien, die nach oben und diesmal nach links führten. „Ich glaube, sie erzählen eine Geschichte ..."

Danis Gedanken wirbelten herum und sie runzelte die Stirn. Sie tippte auf eine Taste und das Foto mit der vierten und letzten Wand des Tempels erschien, wo wieder diese Rillen waren. Sie rief die vier Bilder auf einmal auf. Verdammt, sie waren so klein auf diesem Bildschirm, und sie wünschte sich, sie hätte ihren Laptop dabei.

„Was ist los?"

„Ich bin mir nicht sicher ... aber die Gravuren an den vier Wänden, wenn man sie so anordnet ...", sie hielt die Kamera hoch, „dann passen sie irgendwie zusammen."

Cals Stirn legte sich in Falten, als er die Bilder studierte. „Ich verstehe, was du meinst. Diese Rillen bilden ein Quadrat mit einem Tempel oder Turm an jeder Ecke." Er versteifte sich. „Verdammt. Das ist kein Quadrat, das ist ein Quincunx!"

Ihre Augen weiteten sich. „Das Design, das sie für alle ihre Tempel verwendet haben. Das Quadrat mit ..."

„Einem weiteren Punkt genau in der Mitte. Was war noch mal in der Mitte des Tempels, Dani?"

„Das hier." Sie fand die Aufnahme. „Eine Statue einer Naga, die den Linga, den Cintamani, hält."

Cal wippte auf seine Fersen zurück. „Der Linga-Tempel bildet eine Ecke des Quincunx ..."

Die Aufregung ließ ihr Blut in Wallung geraten. „Und der Turm, an dem wir auf dem Weg vorbeigekommen sind, muss diese Ecke sein." Sie deutete wieder auf den Bildschirm mit den vier Wänden.

Cal fuhr mit dem Finger über ihren Bildschirm. „Der Cintamani sollte also in der Mitte sein."

Dani riss den Kopf hoch. „Gott, die Frau von der Seidenstraße hatte also doch recht ... es gibt eine Karte zu dem Stein."

CAL STARRTE auf die Fotos von Dani. Verdammt, es passte wirklich alles zusammen. Eine Karte zum Cintamani-Stein.

„Mein Orientierungssinn ist ziemlich gut und ich habe mir eine Karte der Gegend eingeprägt, bevor wir zum Phnom Kulen kamen. Ich glaube nicht, dass wir zu weit vom Zentrum des Quincunx entfernt sind."

Sie rutschte auf die Knie. „Wir müssen den Cintamani finden, bevor die Seidenstraße uns zuvorkommt, Cal."

„Nein."

Sie streckte ihre Hände aus. „Wir sind hier draußen allein. Wir warten lediglich auf dein Team. Wir können genauso gut diesen Hinweisen zum Stein folgen."

Cal blieb stumm, ein Muskel in seinem Kiefer zuckte. Er wollte Dani nicht in diesem Dschungel oder in der Nähe der Seidenstraße haben. „Ich will dich in Sicherheit wissen."

Sie legte ihre Hände auf seine Brust. „Bei dir bin ich sicher. Komm schon, du willst ihn doch auch finden." Ihre Stimme wurde leiser. „Lass es uns tun. Für das Team. Für Jean-Luc."

Cal schaute finster drein.

„Du warst es doch, der mir sagte, dass ich das Leben bei den Hörnern packen muss. Um wirklich zu leben."

Sein dunkler Blick verfinsterte sich weiter. „Ich weiß, dass du mich mit deinen weiblichen Reizen um den kleinen Finger wickeln willst."

„Funktioniert es?"

„Vielleicht." Der Himmel möge ihm beistehen, wenn sie jemals erfahren würde, was er alles für sie tun würde. Er atmete tief durch. „Okay. Wir können uns ja mal *umsehen*. Aber wenn wir Anzeichen der Seidenstraßen-Söldner finden, verstecken wir uns und warten auf mein Team."

„Abgemacht." Sie grinste ihn an. „Trotz deines sexy, knallharten Aussehens bist du ziemlich einfach gestrickt."

Er zog sie an sich und drückte ihr einen schnellen Kuss auf die Lippen. „Ich werde dir zeigen, wie einfach ich gestrickt bin, wenn du nicht aufpasst."

Bald waren sie ganz angezogen, und Cal hatte ihre spärlichen Habseligkeiten zusammengepackt. Als sie sich wieder auf den Weg in den Dschungel machten, begann das Rauschen des Wasserfalls langsam hinter ihnen zu verstummen.

Es dauerte nicht lange, bis sie wieder verschwitzt

waren und ihre private Wasserfalldusche nur noch ein weit entfernter Traum war.

Cal war nicht überzeugt davon, dass sie auch nur irgendetwas finden würden. Bestenfalls Trümmer und Ruinen. Er war sich nicht einmal sicher, ob er diesen verdammten Stein überhaupt aufspüren wollte.

Als sie sich den Weg durch ein besonders dichtes Stück Dschungel bahnten, blieb Dani mit einem Schnauben stehen. „Verdammt. Wir haben nicht einen einzigen Stein oder eine Statue gesehen. Nichts, was darauf hindeutet, dass hier jemals Menschen waren."

„Du hast doch wohl nicht geglaubt, dass es einfach sein würde, oder?"

„Nein. Aber was ist, wenn meine Theorie nicht stimmt? Was ist, wenn die Linien an der Wand keine Bedeutung haben?"

Cal öffnete seinen Rucksack und reichte ihr die Flasche mit Wasser. „Was sagt dir dein Bauchgefühl?"

„Ich höre nicht auf mein Bauchgefühl. Ich vertraue nur auf Fakten."

„Blödsinn. Jedes Mal, wenn du die Kamera anhebst, folgst du deinem Bauchgefühl. Was sagt es dir?"

Sie hob ihr Kinn. „Ich habe mich nicht geirrt."

„Du hast dir das auch nicht eingebildet, was du an den Wänden gesehen hast. Ich habe es nicht erkannt, bis du es mir gezeigt hast. Du hast das Muster gefunden. Die Karte ist echt."

Ihr Blick wanderte über sein Gesicht, dann hob sie ihre Kamera und machte ein Foto von ihm. „Du solltest aufhören, Dinge zu sagen und zu tun, die mich dazu bringen, dich noch mehr zu mögen, Cal Ward." Sie wandte den Blick ab. „Vielleicht möchte ich dich danach nicht mehr gehen lassen."

Cal spürte, wie ein Wirrwarr von Gefühlen in ihm aufstieg. Verlangen, Befriedigung und, wenn er ehrlich war, auch ein kleines bisschen Angst. Er wusste, dass er noch nie eine Frau so begehrt hatte wie Dani, und das machte ihm eine Höllenangst. Was, wenn er es vermasselte? Was, wenn er sie verletzte?

„Dani?"

Sie hob ihren Kopf, und in ihren Augen lag ein sanfter Ausdruck. Er streckte eine Hand aus ...

Doch dann veränderte sich ihr Gesichtsausdruck. Ihr Blick wanderte an seiner Schulter vorbei, und der sanfte Ausdruck verwandelte sich in Entsetzen.

Cal hatte sich schon fast umgedreht, aber es war bereits zu spät.

Etwas knallte gegen seinen Kopf und er sackte auf dem Boden zusammen. Er griff nach seiner SIG und kämpfte darum, bei Bewusstsein zu bleiben. Dann sah er, wie Dani auf die Knie fiel und nach vorne stürzte.

Wieder schlug etwas gegen seinen Kopf, und diesmal wurde alles schwarz.

***

CAL STÖHNTE und blinzelte mit den Augen. Er konnte Schmutz in seinem Mund schmecken. Was zur Hölle?

Sein Kopf pochte und er versuchte herauszufinden, wo zum Teufel er war.

Cal blickte auf und sah Dschungel.

Es gelang ihm, sich in eine sitzende Position zu stemmen, und stöhnte, als sein Kopf erneut heftig lospochte. Er betastete seinen Hinterkopf und spürte eine Beule und feuchtes, klebriges Blut. Dann überflutete ihn die Angst.

Dani.

Er rappelte sich auf und drehte sich um, ignorierte seine Kopfschmerzen, ignorierte alles und suchte nach einem Zeichen von ihr.

Nichts. Dann entdeckte er etwas auf dem Boden.

Ihre Kamera.

Sein Herz krampfte sich zusammen. Er hob sie auf und streifte sich den Riemen über den Kopf. Dann ging er in die Hocke und betrachtete die Spuren auf dem Boden. Jemand mit einer amerikanischen Schuhgröße von etwa dreizehn war hier gewesen. Wer auch immer es war, er hatte Cal hart getroffen.

Und wer auch immer es war, hatte jetzt Dani.

Cal presste den Kiefer fest zusammen. Er wusste, dass dies die Tat der Seidenstraße gewesen sein musste. Er griff an seine Seite und stellte fest, dass seine Waffe weg war. Aber das war ihm egal. Ob mit oder ohne Waffe, er war jetzt hinter seiner Frau her. *Ich komme, meine Schöne.*

KAPITEL ELF

Dani gab sich alle Mühe, mit ihren Füßen zu schlurfen und über etwas zu stolpern, irgendetwas, das sie verlangsamen würde.

Ihr Entführer versetzte ihr einen weiteren harten Stoß in den Rücken. „Weitergehen."

Cal würde kommen.

Wenn Cal in Ordnung war.

Sie merkte, wie ihr die Galle aufstieg. Der Mistkerl von der Seidenstraße hatte Cal hart getroffen. Zu sehen, wie er bewusstlos auf dem Boden lag ... Gott.

Vor sich hörte sie Menschen reden. Ihr Entführer schubste sie erneut, und sie stolperte vorwärts auf eine kleine Lichtung. Die Leute drehten sich um und blickten sie an.

Sie schaute sich schnell um und atmete tief durch. Weder Dr. Oakley noch andere aus dem Team waren hier. Sie müssen also entkommen sein.

„Willkommen zurück." Die Frau von der Seidenstraße trat vor, ihr Blick war eiskalt. „Ich hatte noch nicht die Gelegenheit, mich vorzustellen. Ich bin Raven."

Dani blieb stumm. Alles, woran sie denken konnte, war Cal, der regungslos auf dem Dschungelboden lag, während ihm das Blut vom Hinterkopf lief.

„Wo ist der Cintamani?", fragte Raven.

Dani schaute absichtlich nach links, an der Frau vorbei in die Bäume.

Raven umkreiste Dani. „Bei meiner ... früheren Tätigkeit war es meine Aufgabe, Leute zum Reden zu bringen." Das Lächeln der Frau wirkte angenehm, als würde sie mit einer Freundin plaudern. „Vor allem, wenn sie nicht freiwillig reden wollten."

„Ich kann Ihnen nichts sagen. Ich bin keine Archäologin, ich bin Fotografin. Ich war auf dieser Expedition, um die Tour fotografisch zu begleiten. Ich weiß nichts über die kambodschanische Geschichte oder diesen verdammten blöden Stein."

Raven legte ihren Kopf schief. „Eine Fotografin?"

„Ja."

„Dann sind Sie Daniela Navarro." Die Frau sah die Männer an, die sich in der Nähe versammelt hatten. „Bestätigt ihre Identität." Dann wandte sie sich wieder an Dani. „Und Sie wissen nichts über den Stein?"

„Nein."

Raven streckte die Hand aus, ihre Finger strichen über Danis Wange. Dani kämpfte darum, nicht zurückzuzucken.

„Ich bin sehr gut darin, die kleinsten Körperregungen zu lesen." Sie gab Dani einen kräftigen Schlag auf die

Wange. Die Ohrfeige reichte aus, um Dani auf ihre Hände und Knie zu werfen.

Dani schüttelte den Kopf und versuchte, den Schmerz zu ignorieren.

„Wo ist der Cintamani-Stein?", fragte die Frau erneut.

„Fick dich."

Diesmal spürte Dani den kühlen Hauch von Metall an ihrer Schläfe. Ihre Muskeln verkrampften sich, und ihr Magen fühlte sich an wie ein Betonklotz.

„Ich würde es vorziehen, Sie nicht erschießen zu müssen", sagte Raven.

Dani schloss ihre Augen. Ihre Gedanken kreisten um Cal. Zum ersten Mal in ihrem Leben wollte sie mit jemandem fest zusammen sein. Sie wollte ihr Leben mit einem anderen Menschen teilen, wollte ihre Angst, sich zu binden, überwinden und Cal Ward lieben.

„Das letzte Mal. Wo ist der Cintamani-Stein?"

Dani klammerte sich an diesen Gedanken, an Cal.

Raven seufzte. „Okay. Brock und Casper, holt Callum Ward ... und tötet ihn."

Dani riss den Kopf hoch.

Eine zufriedene Miene zeigte sich auf Ravens Gesicht. „Ah, jetzt habe ich Ihre Aufmerksamkeit. Ich werde ihnen befehlen, es nicht zu tun, wenn Sie mir sagen, was Sie wissen."

Dani kaute auf ihrer Lippe.

„Das Letzte, was ich gehört habe, ist, dass Ward mit dem Gesicht nach unten liegt und bewusstlos ist. Es wird für meine Männer ein Leichtes sein, ihm eine Kugel ins Hirn zu jagen."

Niemand sollte für diesen verdammten Stein sterben. Dani schloss niedergeschlagen die Augen. „Es gibt da eine Karte. Sie befindet sich an den Wänden des Tempels des Heiligen Linga. Ich habe sie fotografiert und herausgefunden, wie alles zusammenpasst."

„Ich wusste es." Raven lächelte. „Ich brauche diese Fotos."

Dani verspürte den Drang zu lächeln. „Die sind auf meiner Kamera."

Die Frau zog eine Augenbraue hoch und sah dann den Mann an, der Dani gefangen genommen hatte. „Du hast ihre Kamera zurückgelassen?"

Wenn die Situation nicht so bedrohlich wäre, hätte Dani gelacht. Der Mann sah äußerst unbehaglich aus. „Tut mir leid. Ich dachte nicht, dass die wichtig wäre ..."

„Idiot." Raven blickte zu einem anderen Mann. „Khan, du hast Aufnahmen im Linga-Tempel gemacht, richtig?"

Der Mann nickte. „Ja."

„Gib mir deine Kamera." Die Frau streckte ihre Hand aus.

Der Mann reichte sie ihr. Sie war nicht so groß und von so guter Qualität wie die von Dani, aber sie war auch nicht schlecht. Die Frau drehte sie um und begann, durch die Aufnahmen zu blättern.

Der Mann räusperte sich. „Ich habe nicht alles aufgenommen. Es war nicht genügend Zeit."

Dani drehte ihren Kopf, um einen Blick auf die Fotos zu erhaschen. Sie waren nicht so gut wie ihre, aber verdammt. Es sah aus, als gäbe es mehr als genug davon.

„Ich glaube, du hast das meiste erfasst." Die dunklen

Augen der Frau bohrten sich in Dani. „Sagen Sie mir, wie sie zusammenpassen."

Etwas in Dani zögerte für eine Sekunde. Sie wollte nicht, dass diese Mistkerle den Cintamani bekamen ... aber der Stein war es auch nicht wert, Cals Leben dafür zu riskieren. Und verdammt, das Ding war vielleicht nicht einmal hier.

„Die Linien in den Reliefs an den vier Wänden bilden zusammen ein Quincunx." Dani hob einen Stock vom Boden auf und begann, die Formen in die Erde zu zeichnen. Dann zeigte sie auf eine Ecke. „Ich glaube, der Linga-Tempel ist hier."

Die Frau nickte. „Und wo ist dann der Cintamani?"

„Ich bin mir nicht ganz sicher. Ich kann den Text ja nicht übersetzen und ..."

„Dann spekulieren Sie, ich nehme an, dass Sie und Ward genau das getan haben."

Dani wurde ausweichend. „Vielleicht in einer der anderen Ecken ..."

Raven gab einen verhöhnenden Laut von sich. „Netter Versuch." Sie wandte sich an ihre Männer. „Der Cintamani müsste sich in der Mitte des Quadrats befinden. Wir brauchen noch eine der anderen Ecken." Sie blickte wieder auffordernd zu Dani.

Diese versuchte, ihren Gesichtsausdruck neutral zu halten. Sie wussten noch nicht, dass der Turm eine der anderen Ecken war. „Da kann ich Ihnen nicht helfen. Weiter sind wir auch noch nicht gekommen."

Ravens Blick war intensiv, wie grelles Scheinwerferlicht. Sie musterte jeden Zentimeter von Danis Gesicht, bevor sie sich abwandte. „Kahn, du bist der Archäologe. Finde es heraus."

Der Mann schluckte. „Ich werde mein Bestes geben …"

„Tu es einfach, Kahn."

Der Mann saß einige Zeit über ein Tablet gebeugt. Plötzlich setzte er sich aufrecht hin. „Raven … dieser Turm … er sieht aus wie der, an dem wir auf dem Weg zum Linga-Tempel vorbeigekommen sind."

Dani spürte, wie ihr das Herz stehen blieb.

Dann bemerkte sie, dass Raven sie beobachtete. Der Mund der Frau verzog sich zu einem eisigen Lächeln. „Das ist es, Khan. Ms. Navarros Bestürzung hat es mir gerade bestätigt."

Bald marschierte sie schon wieder durch den Dschungel, diesmal flankiert von zwei Männern der Seidenstraße.

Es fühlte sich an, als wären sie schon stundenlang gelaufen. Es war heiß und schwül, Dani war ausgedörrt, aber niemand hatte ihr Wasser angeboten.

„Wir kommen näher", rief Khan.

„Gut." Raven lächelte leicht.

„Warum arbeiten Sie für die Seidenstraße?", fragte Dani die Frau ganz unvermittelt. „Wie kann sich das alles lohnen?"

Eine dunkle Augenbraue hob sich. „Ich kann die Welt bereisen, meine einzigartigen Talente einsetzen und dabei eine Menge Geld verdienen."

Danis Magen zog sich zusammen. Gott, das klang wie ein Spruch aus Danis eigenem Leben. Nur, dass sie keine mordende Psychopathin war.

„Ich bin nicht die Art von Frau, die ein Haus mit einem weißen Gartenzaun möchte." Ravens Blick glitt an Danis Körper hinunter. „Sie scheinen das auch nicht zu sein. Zu reisen und zu tun, was ich will, liegt mir, und es erlaubt mir, die Art von komplizierten Beziehungen zu vermeiden, die das Leben uns immer aufzuerlegen scheint."

„Sie meinen die Beziehung zu einem anderen Menschen?"

„Sie sind nicht verheiratet, nicht wahr? Kein Lebensgefährte, keine Dates, und nach dem, was meine Männer mir über Ihren Hintergrund berichtet haben, stehen Sie Ihrer Familie nicht sonderlich nahe." Raven blieb vor Dani stehen. „Sie mögen also auch keine komplizierten Beziehungen. Wir sind uns wirklich ähnlich."

„Nein." Dani hatte mittlerweile zwar erkannt, dass sie Beziehungen vermieden hatte ... aber nicht, weil sie sie nicht wollte, sondern weil sie Angst davor gehabt hatte – um sich selbst zu schützen.

Sie war nicht wie dieses böse Miststück. Cal hatte ihren Schutzpanzer durchbrochen, und jetzt wollte Dani alles mit ihm erleben.

Plötzlich verschwanden die Bäume, und sie traten an das Ufer eines Sees hinaus.

Die anderen stießen überraschte Rufe aus. Dani nahm die regelmäßige Form des Sees wahr, und das dunkle, ruhige Wasser. Dies hier war kein natürlicher See. Es war ein Baray.

Dann runzelte sie die Stirn. Das war auf den Satellitenkarten, die sie von der Bergkette studiert hatten, nicht zu erkennen gewesen. Wie konnten sie so etwas übersehen haben?

„Er ist definitiv von Menschenhand gemacht", erklärte Khan. „Eine Konstruktion der Khmer, die das Meer der Schöpfung darstellt." Der Mann lächelte. „Das hier ist das exakte Zentrum des Quincunx."

„Wir sind am richtigen Ort", verkündete Raven. „Caspar, Daniels ... ab ins Wasser mit euch. Ich will wissen, was sich da unten befindet."

Die Männer kramten in einem der großen Rucksäcke herum, die sie mitgebracht hatten, und holten Tauchmasken und kleine Luftflaschen heraus.

Raven lächelte Dani süffisant an. „Wir sind immer auf alles vorbereitet."

Dani wurde am Rande des Wassers auf die Knie gedrückt und sah schweigend zu, wie die beiden Männer hineinwateten. Dann tauchten sie unter.

Die Zeit zog sich hin. Dani sprach ein stilles Gebet, dass die Männer nichts finden würden. Sie suchte unauffällig das Ufer ab und hoffte, dass Cal in der Nähe war. Sie musste bereit sein. Er würde wegen ihr kommen.

Es gab ein plätscherndes Geräusch und sie wandte ihre Aufmerksamkeit dem Wasser zu. Die Männer tauchten wieder auf und grinsten.

„Raven, es gibt da unten einen Tempel. Einen verdammt großen Tempel auf dem Grund dieses Sees."

Die Frau nickte und schnappte sich eine Tauchmaske und eine Luftflasche. „Casper, Daniels und Khan, ihr kommt mit mir." Ihr stahlharter Blick wanderte zu Dani und dann zu dem Mann, der neben ihr stand. „Brock, du bleibst hier und hältst Wache."

„Und die Frau?"

„Wir brauchen sie nicht mehr." Raven zog die Tauchmaske über ihr Gesicht und stieg ins Wasser. „Töte sie."

Die ganze Luft entwich aus Danis Brust. Sie sah, wie die Frau und ihre Männer im Wasser verschwanden. Danis Herzschlag war ein donnerndes Klopfen in ihren Ohren.

Sie spürte, wie sich der Mann hinter ihr bewegte. Der Lauf seiner Pistole drückte auf ihren Nacken.

Sie schloss ihre Augen und ballte ihre Hände zu Fäusten.

***

Auf dem Bauch liegend, kroch Cal näher. Er konnte das leise Gemurmel von Stimmen vor sich hören.

Vorsichtig und leise schob er einen Zweig zur Seite. Er sah die dunkle Wasseroberfläche und zählte die Seidenstraßen-Söldner. Vier plus der Anführerin.

Er fluchte leise vor sich hin. Das war immer noch ein schlechtes Verhältnis, solange sie Dani mitten unter sich hatten. Er beobachtete sie, während zwei Männer im Wasser untertauchten.

Danis Kinn hob sich, ihr Gesicht war ein wenig blass, aber gefasst. Sie hatte tapfer durchgehalten. *Nur noch ein bisschen länger, meine Schöne.*

Er würde sich noch weiter nähern und versuchen, sie still und leise auszuschalten. Dann hörte er das Geräusch von Wasserplätschern und sah, dass die beiden Männer wieder aufgetaucht waren.

Die Anführerin ging auf das Ufer zu, und etwas

später verschwanden die Frau und drei ihrer Männer im dunkelgrünen Wasser.

Cal grinste. Da blieb also nur noch einer übrig. Dann runzelte er die Stirn. Wo zum Teufel war er mit Dani hin?

Cal bewegte sich, und dann sah er sie – sah den Mann, der hinter ihr stand und ihr eine Waffe an den Kopf hielt.

Mit staubtrockener Kehle rappelte sich Cal auf. Ein Schleier vernebelte seine Sicht. *Nein.* Verdammt, nein. *Das wird nicht noch einmal passieren.*

Er stürmte vorwärts, sprintete durch den Dschungel und sehnte sich nach seiner Waffe.

Aber er war ein ehemaliger SEAL. Seine Hände waren ebenfalls tödliche Waffen.

Der Mann hörte ihn, drehte sich und schoss.

Cal warf sich nieder, rollte sich ab und hörte den Aufschlag der Kugel auf dem Boden. Er sprang auf und rannte direkt in den Mann hinein. Als sie zu Boden gingen, sah er, wie Dani davonkrabbelte. Die Faust des Mannes krachte in Cals Kiefer. Mit einem Grunzen stand er auf, verbreiterte seinen Stand und schlug zurück.

Sie tauschten weitere harte Schläge aus, und dann erwischte der Mann ihn mit einem Aufwärtsschlag. Cal fiel auf den Rücken und alle Luft entwich aus seiner Lunge, ein Schmerz explodierte in seiner Brust.

Plötzlich stürmten zwei weitere Männer, die Cal zuvor nicht gesehen hatte, aus den Bäumen, schrien etwas und hoben ihre Waffen.

Nein. *Verdammt*, wo zum Teufel waren die jetzt auf einmal hergekommen?

„Dani! Lauf", brüllte er.

Cal und sein Gegner rangelten erneut. Er sah, wie die beiden anderen auf sie zustürmten. Cal blockte einen harten Schlag ab, konterte dann und rammte seine Faust in den Bauch des Mannes. Mit einem Schrei kippte dieser nach hinten.

Cal sprang auf und sah, dass Dani nicht weggelaufen war. Sie krabbelte auf Händen und Knien und suchte nach der heruntergefallenen Waffe des Mannes. Als sie sie gefunden hatte, drehte sie sich um.

Der Mann, gegen den Cal kämpfte, war wieder aufgestanden und sein Schlag traf Cal seitlich am Kopf. Er schmeckte Blut und Arme schlossen sich von hinten um ihn und drückten zu. Cal schlug mit dem Hinterkopf auf das Gesicht des Mannes ein. Dieser brüllte und Blut spritzte über sie beide.

Ein Schuss hallte durch die Bäume.

„Aufhören."

Die tiefe, laute Stimme ließ Cal innehalten. Er drehte den Kopf. Dani war entwaffnet worden. Die beiden dazu-gekommenen Männer flankierten sie, einer mit seiner Waffe auf ihre Brust gerichtet, der andere zielte auf Cal.

Scheiße. Verdammt. Er ließ die Arme an den Seiten hängen. Der Mann hinter ihm ließ ihn los und verpasste ihm noch einen Tritt. Dann stellte er sich vor Cal und hielt sich die gebrochene Nase.

„Ich hatte von der Chefin den Auftrag, sie zu töten." Die wütenden Augen des Mannes richteten sich auf Cal.

„Ich bin mir ziemlich sicher, dass sie dich auch tot sehen will." Er schnappte sich die Waffe seines Komplizen und zielte damit genau zwischen Cals Augen.

Cal sah Dani an. Ihre Blicke trafen sich. Hilflose Wut tobte in ihm.

„Ich bin dabei, mich in dich zu verlieben, Dani."

Ihr stand der Mund offen.

Der plötzliche, ohrenbetäubende Knall eines Gewehrs ließ Cal aufschrecken. Der Mann, der auf ihn zielte, fiel mit einem Stöhnen nach hinten, Blut bedeckte seine Brust.

Cal drehte sich um und ging in eine schützende Hockposition ... und sah, wie Morgan Kincaid mit einem Benelli Dual-Mode-Gewehr in der Hand aus den Bäumen trat.

Dann hörte Cal einen weiteren Schuss. Er drehte sich um und sah Logan O'Conner, der langsam aus den Bäumen auf der anderen Seite mit einer großen Desert Eagle-Handfeuerwaffe herauskam.

Cal machte sich noch kleiner und zog Dani mit sich in Deckung. Als sie durch den Dreck rollten, hörte er weitere Schüsse. Er legte seinen Körper schützend über Dani. „Bleib unten. Es wird bald vorbei sein."

Als die Schüsse aufhörten, setzte sich Cal auf. „Geht es dir gut?" Er strich ihr über die Wange.

Sie nickte. „Ja, jetzt schon." Sie warf ihre Arme um ihn. „Gott, ich hatte solche Angst, sie hätten dich umgebracht."

„Ich bin hier, meine Schöne." Er hauchte es nur. Ein Schatten fiel über sie, und Cal blickte hoch. „Das ist das erste Mal überhaupt, dass ich mich freue, dein schadenfrohes Grinsen zu sehen, O'Connor."

Logan grunzte. „Gern geschehen."

Cal schaute zu Morgan, die sich gerade nach unten beugte und die Seidenstraßen-Söldner fesselte. Sie zog die Kabelbinder so fest an, dass Cal zusammenzuckte.

„Sind das schon alle?", fragte Morgan.

„Tut mir leid, dass es für dich nicht reicht." Er blickte wieder zu Logan. „Ich bin verdammt froh, dass ihr im richtigen Moment gekommen seid. Danke."

„Es sind noch mehr unter Wasser", berichtete Dani. „Darunter die Frau, die hier das Sagen hat. Raven."

Ihre Stimme klang ein wenig zittrig. Cal hielt seinen Arm fest um sie geschlungen. „Insgesamt vier unter Wasser mit Kurzstreckenlufttanks."

Danis Kopf sank gegen seine Schulter und er spürte, wie ein Schauer sie durchlief. „Ich ... ich dachte, ich würde sterben."

Er presste seine Lippen auf ihre und zog sie näher zu sich. Ihr Geschmack überflutete ihn, und sie gab einen leisen Laut von sich, ihre Hände umklammerten ihn.

„Willst du uns nicht endlich vorstellen?", fragte Logan trocken. „Oder verschlingst du diese Frau einfach vor unseren Augen weiter?"

Cal hob den Kopf. Er hatte Logan und Morgan völlig vergessen. „Dani, dieser Hinterwäldler ist Logan O'Connor. Aus irgendeinem mir unbekannten Grund haben mein Bruder und ich ihn bei Treasure Hunter Security eingestellt. Die treffsichere Schützin dort mit dem Gewehr ist Morgan Kincaid. Es ist immer gut, sie auf deiner Seite zu haben. Leute, Daniela Navarro."

Dani lächelte. „Hi, und ich heiße Dani. Danke für die Rettung."

Logan hob sein Kinn an.

Morgan nickte. „Ich besitze ein Foto, das du gemacht hast. Eine Aufnahme von Machu Picchu, über dem eine Wolkenschicht thront. Es ist eines meiner Lieblingsbilder."

„Echt jetzt?", fragte Cal ungläubig.

Morgans Gesicht blickte säuerlich. „Du brauchst nicht so überrascht zu klingen. Ich mag eben auch schöne Dinge."

„Ich dachte, du dekorierst alles mit Pistolen und Messern."

„Und den Skalpen deiner Opfer", fügte Logan noch hinzu.

Morgan legte sich das Gewehr über die Schulter. „Eure beiden Skalpe würden sich gut über meinem Kamin machen, jetzt, wo du es erwähnst."

Cal drückte Dani fester an sich. „Ich bin mir nie sicher, ob sie einen Witz macht, wenn sie solche Dinge sagt."

Dani lächelte Morgan an. „Das Machu-Picchu-Bild gefällt mir auch sehr gut. Klingt, als hättest du einen ausgezeichneten Geschmack."

„Danke."

Cal war ein wenig überrascht, als er den Anflug eines kleinsten Lächelns auf Morgans Lippen sah. Er drehte sich wieder zu Dani um, zog den Riemen der Kamera über seinen Kopf und reichte sie ihr. „Ich glaube, die gehört dir."

Ihr Lächeln wurde breiter. „Danke."

Logan starrte auf das Wasser. „Warum sind diese Mistkerle da unten?"

„Ein verlorener Tempel und ein unbezahlbares Artefakt."

Logan schüttelte den Kopf. „Verdammte Seidenstraße." Dann schlug er eine Hand in seinen Nacken. „Und verdammte Moskitos. Ich hasse den Dschungel."

„Du hasst alles." Cal blickte auf das Wasser. „Sie sind bewaffnet, werden von einer Frau angeführt, und die ist noch gemeiner als du, Morgan."

Morgan zog eine Augenbraue hoch. „Das werden wir ja sehen. Ich dachte gerade, ich hätte Lust, schwimmen zu gehen." Morgan nahm ihren Rucksack von den Schultern, griff hinein und zog ein paar kleine, schlichte Masken heraus.

Cals Augenbrauen hoben sich. „Du hast Poseidon-Masken bekommen."

„Poseidon-Masken?", wiederholte Dani.

Morgan schenkte ihr wieder dieses schwache Lächeln. „Experimentelle Tauchmasken. Eine Art künstliche Kiemen, die Sauerstoff aus dem Wasser ziehen. Sie sind noch nicht auf dem Markt verfügbar. Ich habe da allerdings einen Freund." Sie reichte Cal eine Maske. „Sie funktionieren nicht über einen langen Zeitraum, also sind sie nur für kurze Tauchgänge geeignet."

Dani legte den Kopf schief. „Was hast du da noch drinnen?"

„Ich bin auf alles vorbereitet." Morgan tätschelte den Rucksack. „Wir können einen Berg besteigen, uns in eine Höhle abseilen, ein nettes kleines Abendessen bei Kerzenschein zu zweit veranstalten."

„Du kannst darauf wetten, dass sie da drinnen noch mehr Waffen hat", brummte Logan.

Dani fummelte an dem Riemen ihrer Kamera herum und zog etwas hervor, das wie eine durchsichtige Plastiktüte aussah. „Marinetasche. Schützt meine Kamera vor Wasser."

Cal drehte sich zu Dani um und fasste sie an den Schultern. „Ich möchte, dass du hier oben bleibst."

Sie schaltete wieder auf stur. „Zum Teufel damit, Cal. Wir sind schon so weit gekommen, und ich werde jetzt nicht hier oben warten."

Morgan zog eine Augenbraue hoch. „Es ist vielleicht gefährlicher für sie, allein hierzubleiben. Es könnten noch mehr von ihnen kommen."

Frustration stieg in Cal auf und er fühlte sich besiegt. „Na gut. Aber du bleibst eng an meiner Seite." Er hielt Morgan seine Handfläche entgegen. „Gib mir das kleine Condor-Messer, das du immer bei dir trägst."

„Okay." Morgan zog ein kleines, ummanteltes Messer aus ihrem Stiefel und drückte es ihm in die Hand. „Aber wenn du es verlierst, kaufst du mir ein neues."

Cal steckte es in Danis Tasche. „Nur für den Fall, dass du es brauchst."

Sie nickte. Dann steckte sie ihre Kamera fachmännisch in den Marinesack und verschloss ihn. „Ich habe den oft benutzt, wenn ich Flüsse durchquert habe oder bei der Arbeit ins Wasser musste. Sie hat sogar ein Glasteil, das über das Objektiv passt, um Unterwasseraufnahmen zu machen. Funktioniert prima."

„In Ordnung." Cal wandte sich dem Wasser zu. „Lasst uns den Tag retten."

Alle zogen sich ihre Poseidon-Masken über. Er überprüfte den Sitz von Danis Maske und ging dann mit ihr in den See. Das Wasser strömte durch seine Kleidung. Es war kühler, als er erwartet hatte.

Einen Moment später standen alle vier hüfttief im Wasser und starrten auf die dunkle Oberfläche. Ein Gefühl von Déjà-vu überkam ihn. Wie oft hatte er vor einem SEAL-Einsatz schon so dagestanden, mit seinem Team an seiner Seite und dem vertrauten Gefühl, wie das Wasser ihn umspülte?

Aber er hatte noch nie die Frau, in die er sich verliebt hatte, neben ihm gehabt. Angst breitete sich ihn ihm aus. Er würde sie beschützen. Selbst wenn er dabei sterben würde.

Er nickte den anderen zu und tauchte unter die Wasseroberfläche.

KAPITEL ZWÖLF

Es war viel dunkler, als sie es sich vorgestellt hatte.

Dani tauchte, hielt sich an Cals Hand fest und versuchte, seinen kräftigen Beinschlag nachzuahmen. Das Wasser war tiefgrün, und sie konnten nicht sehr weit sehen. Zuerst saugte sie zu hektisch an ihrer Poseidon-Maske, doch dann zwang sie sich dazu, sich zu entspannen. Sie hatte in der Vergangenheit schon einmal getaucht und es hatte ihr Spaß gemacht.

Aber dieses dunkle, trübe Wasser und die uralten Geheimnisse, die es verbarg, waren etwas ganz anderes.

Sie spürte, wie Cals Finger um ihre geschlungen waren, und ihre Atmung normalisierte sich.

Vor sich konnte sie gerade noch Morgan und Logan ausmachen, wie sie durch das Wasser tauchten. Logan hatte eine Art Taschenlampe eingeschaltet, deren Lichtstrahl kaum die Dunkelheit durchdrang.

Sie tauchten weiter nach unten. Gott, wie tief war dieses Reservoir? Dann sah sie, wie Logan innehielt und ein Handzeichen gab, und sie bemühte sich, etwas zu erkennen ... *da.* Dunkle Schatten waren auszumachen, die vor ihr auftauchten.

Danis Augen weiteten sich. *O mein Gott!*

Der Tempel erhob sich aus der Dunkelheit wie eine Art Fantasiegebilde. Er war perfekt. Es gab keine Trümmer oder umgestürzte Türme. Das Wasser hatte ihn konserviert, abgesehen von einer Schleimschicht und den Unterwasserpflanzen, die auf dem Boden des Baray wuchsen.

Es sah aus wie eine kleinere Version von Angkor Wat. Vier Türme in den Ecken und ein größerer Turm in der Mitte. Logan machte ein weiteres Handzeichen und Cal nickte. Sie änderten die Richtung und tauchten auf einen großen Bogen zu, der der Haupteingang des Tempels sein musste.

Dani trat kräftig mit den Beinen und folgte Cal. Sie hoffte wirklich, dass Raven und ihre Schlägertruppe nicht dort auf sie warteten.

Sie schwammen durch den Bogen und in einen breiten, steinernen Tunnel hinein. Mit Logans Taschenlampe konnten sie etwas sehen. Ihr Licht tanzte über den glatten Stein.

Dann trat etwas anderes in ihr Blickfeld. Eine Steintreppe, zu der Logan und Morgan schwammen. Sie zeigten nach oben und tauchten hinauf.

Cal packte Danis Hüfte und drückte sie nach oben. Eine Sekunde später durchbrach ihr Kopf die Oberfläche.

Cal tauchte ebenfalls aus dem Wasser auf und drückte einen Finger auf seine Maske, um ihr zu bedeuten, still zu sein. Sie nickte. Mit seinem nassen Haar und der Maske auf dem Kopf sah er geheimnisvoll und gefährlich aus.

Alle zogen ihre Masken ab und befestigten sie an ihren Gürteln. Cal tauschte mit den anderen Handzeichen aus, und sie gingen leise die Treppe hinauf und traten schließlich ganz aus dem Wasser.

Oben angekommen, bemerkte sie nasse Fußabdrücke auf den Steinen.

Raven war definitiv auch in dieser Richtung unterwegs.

Es gab einen weiteren großen Bogen, der in den Hauptteil des Tempels führte. Sie bewegten sich vorsichtig vorwärts, Cal und die anderen zogen ihre Waffen und kippten sie, um das Wasser aus den Läufen zu lassen.

Dani wusste nicht viel über moderne Waffen, aber sie vermutete, dass der kurze Tauchgang sie wohl nicht beeinträchtigt hatte.

Die erste Empore, die sie entlanggingen, war mit wunderschönen Reliefs geschmückt, die an Angkor und den Linga-Tempel erinnerten.

Dani zog die Plastikhülle von ihrer Kamera und machte ein paar schnelle Schnappschüsse. Sie war ganz aufgeregt, an einem Ort wie diesem zu sein, unberührt und genau so, wie er ausgesehen haben musste, nachdem die Erbauer ihn verlassen hatten.

Sie bewegten sich durch den Hauptteil des Tempels, und an der hinteren Wand sah sie einen weiteren Torbogen. Logan leuchtete mit seiner Taschenlampe hinein, und der Strahl erhellte eine feuchte Treppe, die nach unten führte.

Dani konzentrierte sich darauf, so leise wie die anderen zu gehen. Für so große, gefährliche Menschen bewegten sie sich wirklich erstaunlich leichtfüßig.

Die Treppe schlängelte sich in einer Spirale nach unten, immer weiter und tiefer. Sie fragte sich, wie tief sie wohl schon waren, und staunte über die Technik, die nötig gewesen sein musste, um diesen Ort zu erbauen. Wie wertvoll war der Cintamani-Stein, um einen Tempel wie diesen als Schutz dafür zu rechtfertigen?

Sie nahm einen tiefen Atemzug. Sie schätzte, dass sie eine gute Chance hatten, den Stein zu finden. Hier in einem versunkenen Tempel, unter einem geheimnisvollen See inmitten eines abgelegenen Dschungels, hatte ihn sicher noch niemand vor ihnen entdeckt.

Sie hoffte nur, dass sie ihn vor den Seidenstraßen-Söldnern finden würden.

Vor ihnen blieb Morgan stehen. Sie spähte durch ein Tor, dann nickte sie den anderen zu.

Alle traten in eine riesige unterirdische Höhle hinaus.

Dani presste eine Hand auf ihren Mund, um ihr Keuchen zu unterdrücken.

„Eine Höhle", murmelte Logan.

„So etwas habe ich noch nie gesehen", flüsterte Morgan und schüttelte den Kopf.

Dani hob ihre Kamera, senkte sie dann aber wieder. Zunächst wollte sie die Höhle einfach nur in sich aufnehmen und bewundern.

Vor ihnen befand sich ein unterirdischer Wald. Von irgendwoher drang Licht ein. Die glatten Steinwände waren von großen Adern aus Edelsteinen durchzogen, die hell glitzerten. Teile der Wände waren mit einer Art Pilz bedeckt, der in verschiedenen Farben leuchtete – strahlendes Gelbgrün, Blau, Rosa und ein wenig Rot und Orange. Sie trat näher an einen Baum heran. Die Blätter funkelten und hatten eine kristalline Struktur.

Sie hob die Kamera und machte Aufnahmen von den Bäumen und Wänden. Die Adern in den Wänden waren von einem tiefen Jadegrün, vielleicht Jaspis. Hier und da entdeckte sie einige große geometrische Klumpen aus klarem, strahlendem Weiß, die auf der Wand verteilt waren. Sie erstarrte. Das konnten doch wohl keine Diamanten sein?

„Es ist genau so, wie die Legenden des Kunlun-Gebirges diesen Ort beschrieben haben", erinnerte sich Dani. „Pflanzen und Wände aus Edelsteinen."

„Ja. Ich bezweifle, dass die Seidenstraße einen Ort wie diesen unberührt lassen wird." Cals Blick wurde tödlich. „Lasst uns unsere *Freunde* suchen."

Sie bewegten sich leise durch die funkelnden Bäume. Dani versprach sich selbst, dass sie wiederkommen und diesen erstaunlichen Ort genau dokumentieren würde. Dr. Oakley und das Team würden davon begeistert sein.

„Wo zum Teufel ist die Seidenstraßen-Gang?", murmelte Morgan.

„Können nicht weit weg sein", antwortete Cal. „Bleibt wachsam."

Sie ließen die Bäume hinter sich und Dani keuchte. „Schaut."

Eine Reihe von gemeißelten Steinstufen führte zu einer Plattform mit eleganten Bögen. In der Mitte der Plattform befand sich ein Steinsockel.

Und darauf ruhte ein großer, perlgrauer Stein.

„Der Cintamani", sagte Dani voller Ehrfurcht.

„Das stimmt", antwortete eine kalte Stimme. „Und er gehört mir."

Sie drehten sich um, Cal und die anderen hoben ihre Waffen.

Auch Raven und ihre Männer hatten ihre Waffen im Anschlag.

Danis Herz klopfte gegen ihre Rippen. *Pattsituation.*

CAL HIELT seine SIG direkt auf die Frau von der Seidenstraße gerichtet.

„Ihr zwei wollt einfach nicht sterben." Raven starrte erst Cal und dann Dani an. „Der Cintamani gehört mir. Vielleicht werde ich ihn benutzen, um mir zu wünschen, dass die Mitglieder der Treasure Hunter Security einen qualvollen Tod sterben."

„Sie glauben doch nicht wirklich, dass der Stein magisch ist, oder?", fragte Dani.

Die Frau zuckte mit den Schultern. „Verdammt, nein. Aber andere glauben daran ... und sie werden viel Geld dafür bezahlen. Außerdem ist er eine riesige Perle. Selbst ohne die Fähigkeit, die wildesten Träume des Besitzers zu erfüllen, ist sie ein Vermögen wert."

Dani schüttelte den Kopf. „Und es ist Ihnen egal, wen Sie dabei verletzen und töten. Sie haben keine Seele."

Die Frau schenkte ihr ein dünnes Lächeln. „Kurze

Antwort ... Sie haben recht. Meine Bosse sind wählerisch und skrupellos. Aber sie zahlen gut."

Während die Frau redete, ging Cal ihre Möglichkeiten durch. Es war drei gegen vier. Er wusste, dass seine Leute es mit den Seidenstraßen-Typen aufnehmen konnten ... aber er konnte nicht riskieren, dass Dani in dem entstehenden Chaos verletzt wurde.

Eine Bewegung in den Bäumen erregte Cals Aufmerksamkeit. Dann hörte er ein leises Geräusch. Etwas rutschte über Felsen.

Er beobachtete die Bäume direkt hinter Raven und sah, wie sich etwas Schwarzes bewegte. *Was zur Hölle?*

Raven trat vor und richtete ihre Waffe auf Danis Kopf. „Ich werde eigenhändig dafür sorgen, dass es dieses Mal klappt."

„Fick dich", sagte Dani.

„Wenn Sie sie erschießen, töte ich Sie."

„Und meine Männer werden Sie und Ihr Team kaltmachen."

Cal sah wieder eine Bewegung in den Bäumen. Was auch immer es war, er hoffte, dass er es zu seinem Vorteil nutzen konnte.

Plötzlich schrie einer der Seidenstraßen-Männer auf. Ein riesiger, schwarzer Körper preschte aus den Bäumen hervor.

Mit Entsetzen in der Brust packte Cal Dani und riss sie hinter sich.

Die riesige schwarze Schlange stürzte sich auf Raven und warf sie um.

„Was ...?" Ravens Mund stand vor Schock offen.

Die Schlange wickelte ihren riesigen Körper um die

Frau und hob sie vom Boden hoch. Sie wehrte sich und schrie. Ihre Waffe fiel ihr aus den Fingern und klapperte auf den Steinboden.

Wie erstarrt blickte Cal die Schlange an. Das verdammte Ding war so dick wie Cal selbst und musste mindestens zwölf Meter lang sein.

„Was zum Teufel ist das?", fragte Logan.

„Eine Naga", hauchte Dani.

Schwarze Schuppen blitzten auf, es gab ein knirschendes Geräusch, und die Schreie der Frau hörten abrupt auf.

„Zurück", sagte Cal leise. „Ganz langsam."

Die vier wichen zurück, während die Männer der Seidenstraße begannen, auf die Kreatur zu schießen. Sie bäumte sich hoch auf und schlug dann, schneller als Cal es für möglich gehalten hätte, mit ihrem Schwanz auf zwei Männer ein. Diese stürzten zu Boden, und dann griff die Schlange den letzten Seidenstraßenmann an.

„Weitergehen", befahl Cal. Wie konnten sie dieses Ding töten?

Die Schlange drehte sich jetzt ihnen zu. Cal spürte, wie sich Danis Hand in seiner verkrampfte.

„Nicht bewegen", flüsterte er verzweifelt.

„Scheiß drauf." Morgan brachte ihr Gewehr in Anschlag.

Dani drückte sich eng an Cal. „Wenn wir hier sterben ... nun, ich möchte, dass du weißt, dass ich mich auch in dich verliebt habe."

Ohne auf den Horror vor ihnen zu achten, blickte er zu ihr. Seltsam, dass er vermutete, dass diese Worte ihr mehr Angst einjagten als die Riesenschlange. „Dani ..."

„Du musst nichts darauf erwidern."

Etwas in seiner Brust lockerte sich. Die Art, wie sie ihn jetzt ansah – voller Liebe in den Augen –, machte ihm klar, dass er jeden Tag neben diesem Gesicht aufwachen wollte. Er wollte sie lachen sehen, sie mit der Kamera in der Hand beobachten, konzentriert auf ihre Arbeit, und immer wieder erleben, wie sie vor Lust errötete. Und nach jedem noch so blöden Fehler, den er zwangsläufig machen würde, würde er sie intensiv küssen, damit sie ihm verzieh.

Ihm wurde klar, dass er, seitdem er Marty verloren und die SEALs verlassen hatte, nicht mehr wirklich gelebt hatte. Er war auf der Flucht davor, sich auf irgendjemanden einzulassen.

Er zog sie näher an sich heran. „Ich liebe dich, verdammt."

„Ich wusste, dass du es eines Tages wagen würdest, Ward", grinste Logan süffisant.

„Genug", zischte Morgan. „Riesige, mordlustige Schlange, schon vergessen?" Sie warf Cal einen Blick zu. „Ihr beide habt echt ein schreckliches Timing." Dann versteifte sie sich.

Cal blickte zurück und sah, wie die Schlange in ihre Richtung glitt.

„Keiner bewegt sich", flüsterte er.

Sie glitt noch näher und Danis Finger krallten sich so fest um seine, dass es wehtat. Sie schlängelte sich direkt an Cal vorbei und berührte sogar sein Bein. Er schloss die Augen und biss die Zähne zusammen. Das war so verdammt unheimlich.

Die Schlange drehte sich wieder um und erhob sich,

was ihn an eine Kobra denken ließ, auch wenn sie keinen Nackenschild hatte.

Ihre unheimlichen grünen Augen schienen direkt in sie hineinzuschauen. Er schwor, dass es so war, als würde sie sie ... begutachten.

Cal spannte sich an, bereit, Dani zu beschützen.

DANI UMKLAMMERTE CALS HAND, während sie mit der anderen ihre Kamera festhielt.

Der Anblick der Riesenschlange direkt vor ihnen weckte tief in ihrem Kopf primitive Ängste. Sie konnte kaum noch stillhalten und wollte dem Urtrieb nachgeben, von hier wegzulaufen.

Sie wollte hier nicht sterben. Sie wollte leben. Wirklich leben.

Cal liebte sie. Noch nie hatte sie jemand wirklich geliebt.

Plötzlich durchbrach ein Schuss die angespannte Stille. Einer der Männer von der Seidenstraße hatte sich aufgerichtet und auf die Schlange geschossen.

Die Kreatur zischte und bäumte sich auf. Als sie auf den Mann losschnellte, schaute Dani weg. Seine Schreie hallten von den Wänden wider und hörten eine Sekunde später plötzlich auf.

Dann wieder das Geräusch von Schuppen, die über Stein glitten. Sie hob den Kopf und sah, dass die Schlange zurück war und sie erneut anstarrte.

„Soll ich schießen?", fragte Morgan.

„Nein", stieß Cal hervor.

Dani musste zugeben, dass die Kreatur, wenn sie ihren Schrecken im Zaum hielt, elegant und beinahe schön war. Tiefschwarze Schuppen, ein kräftiger, gewundener Körper, diese umwerfenden, juwelenartigen Augen.

„Du bist wundervoll", sagte sie.

Der Blick des Wesens wanderte zu ihr.

Ohne nachzudenken, hob sie die Kamera und drückte auf den Auslöser.

Der Blitz schien die Schlange zu erschrecken. Sie wich zurück, und als sie ein weiteres Mal auf den Auslöser drückte, warf sie ihnen noch einen letzten Blick zu, bevor sie sich wieder zu den Bäumen schlängelte.

Cal atmete tief durch und zog Dani in eine kurze Umarmung. „Gute Arbeit."

„Ich wollte nur ein Foto von ihr."

Er stieß ein ersticktes Lachen aus. „Natürlich wolltest du das."

Sie schlang ihre Arme um ihn. „Können wir nicht einfach den Cintamani holen und dann von hier verschwinden?"

„Ich bin auch dafür", sagte Morgan.

„Ich hasse Schlangen", knurrte Logan.

Dani sah, wie Cal die Augen verdrehte. „Na gut", sagte er. „Lasst uns den Stein holen."

Händchenhaltend gingen sie die Stufen zu dem Stein hinauf. Morgan und Logan blieben unten und hielten Ausschau nach weiteren zweibeinigen oder beinlosen Besuchern.

Dani und Cal hielten vor dem Sockel inne. Der mystische Cintamani-Stein, der Heilige Linga, der

Ursprung des Khmer-Reiches, war tatsächlich eine riesige, ovale dunkle Perle. Das Licht reflektierte sich makellos auf der glänzenden Oberfläche. Sie war atemberaubend schön.

Sie standen eine Sekunde lang da und betrachteten sie. „Mach schon", sagte sie. „Dir gebührt die Ehre."

Cal nahm die große Perle in seine Hände. Sie hielt den Moment mit der Kamera fest und genoss den Ausdruck auf seinem Gesicht.

„Und, funktioniert es?", fragte sie.

Er sah sie stirnrunzelnd an. „Was meinst du?"

Sie lächelte. „Ist da Magie? Hat sie deine Träume wahr werden lassen?"

Er streckte die Hand aus und strich ihr über die Wange. „Ich habe keine Ahnung. Meine Träume sind schon vor ein paar Minuten wahr geworden, als du gesagt hast, dass du mich liebst."

Gott, offenbar hatte dieser Mann eine versteckte romantische Ader. „Ich habe gesagt, dass ich *mich verliebt habe*."

Er strich mit seinem Mund über ihren. „Der Rest kommt noch. Garantiert."

„Gar nicht eingebildet."

„Auf keinen Fall."

Ein lauter Seufzer ertönte von unten. „Wenn ihr zwei euch voneinander losreißen könnt ..." Das war Morgans amüsierte Stimme. „Ich werde euch noch einmal an etwas erinnern. Riesige. Mörder. Schlange."

„Wie wäre es, wenn wir von hier verschwinden?", schlug er vor. „Wir suchen uns ein großes Bett, bestellen den Zimmerservice und gehen ein paar Tage lang nicht hinaus." Er beugte sich nahe an sie heran und senkte seine Stimme. „Ich wette, ich kann deine Träume wahr werden lassen, ohne dass du diesen magischen Stein brauchst."

„Du bist schon nah dran, Cal. Ich habe da nämlich diesen einen Traum, dich nackt zu fotografieren."

Er schüttelte den Kopf. „Nicht diesen Traum."

„Wir werden ja sehen."

Sie stiegen die Treppe hinunter zu den anderen.

„Gehen wir jetzt?", fragte Morgan.

„Ja", antwortete Cal.

Logan schlug seine Hand in den Nacken und fluchte. „Gut. Ich hasse den Dschungel."

KAPITEL DREIZEHN

Logan hackte mit seiner Machete einen Pfad durch den Dschungel. Ihr Marsch weg vom Tempel war bisher ereignislos verlaufen.

Ein Unterwassertempel, beschützt von einer riesigen Schlange. Das war auch für ihn neu gewesen. Er schlug ein paar weitere Lianen weg. Das war eben so eine Sache bei der Arbeit für Treasure Hunter Security. Man wusste nie, was bei einem Einsatz auf einen warten würde.

Er sah hinüber zu Cal, der einen Arm schützend um Dani Navarro gelegt hatte. Die beiden sahen aus, als hätten sie gerade die Hölle durchquert. Aber sie lächelten einander an.

Verdammt! Man musste kein Raketenwissenschaftler sein, um zu erkennen, dass Callum Ward den Sprung von einer sehr hohen Klippe hinein in die Liebe gewagt hatte. Logan schüttelte den Kopf. Vor dem Auftrag hatte er Cal noch damit aufgezogen, sich endlich eine Frau für eine feste Beziehung zu suchen. Logan hatte nicht wirklich daran geglaubt, dass er das jemals tun würde.

Nun, es sah so aus, als hätte Cal endlich jemanden gefunden, der ihn sesshaft werden ließ. Der Ward-Clan würde begeistert sein.

Logan runzelte die Stirn. Nun, da Dec und Cal jetzt mit festen Partnerinnen versorgt waren, könnten die anderen Kuppler vielleicht das Bedürfnis haben, ihre Aufmerksamkeit nun auf ihn zu richten. Hmm, vielleicht sollte er Hale anpreisen und Darcy und die anderen sich darum kümmern lassen, für Hale die perfekte Frau zu finden.

Logan war sich verdammt sicher, dass es die perfekte Frau für ihn nicht gab. Er hatte gedacht, er hätte sie schon einmal gefunden und sich damals nicht irren können.

Er war mit einer Frau zusammen gewesen, die mehr wie dieses Raven-Miststück aus dem Unterwassertempel war. Jetzt war er nur noch an seiner Arbeit und seinen Freunden interessiert. Ein gelegentliches Stelldichein war in Ordnung, aber ansonsten hielt er sich von Frauen fern.

Auf seinem Rücken spürte er das Gewicht des Cintamani-Steins, der in seinem Rucksack steckte.

Dieses ganze Drama für eine riesige Perle. Diese verdammte Seidenstraße wurde zu einer extrem gefährlichen Plage. Logan blickte finster zu den Bäumen auf. Nur Gott wusste, was sie als Nächstes vorhatten, aber er musste auf jeden Fall mit Dec reden. Sie mussten besprechen, was sie tun konnten, um Agent Burke dabei zu helfen, diese Scheißkerle zur Strecke zu bringen.

Er streckte eine Hand nach hinten und tastete den

Rucksack ab, wobei er die Umrisse des Steins durch das Segeltuch hindurch spürte.

Der verdammte Stein soll all deine Wünsche wahr werden lassen.

Wenn das stimmte, sollte er sich vielleicht seine perfekte Frau wünschen ... Logan schnaubte. *Ja, klar.*

Von seiner linken Seite rief Morgan. „Komm schon, O'Connor, du bummelst. Wenn du weiter so lahmarschig schlenderst, schaffen wir es nicht zurück in die Zivilisation, bevor ich fünfzig bin."

„Hör auf zu meckern, Kincaid."

Schweiß tropfte über sein Gesicht. Vielleicht sollte er sich besser wünschen, dass sein nächster Job nicht im verdammten Dschungel sein würde.

DANI LEHNTE sich zurück und beobachtete, wie Cal den Cintamani-Stein an Dr. Oakley übergab.

Sie befanden sich in einem privaten Raum neben dem Restaurant im Heritage Hotel in Siem Reap, wo sie Cal bei der Planung ihrer Expedition fotografiert hatte.

Gott, das war erst ein paar Tage her, aber es kam ihr wie Monate vor. Damals hatte sie eine sofortige Abneigung gegen Cal gehabt und ihn in eine Schublade zusammen mit ihren Vorurteilen gesteckt, nur um sich selbst zu schützen.

Nun, es brauchte ja nur eine wilde, gefährliche Dschungel-Schatzsuche, um ihren Schutzpanzer zu durchbrechen und sie dazu zu bringen, sich in ihn zu verlieben.

ANNA HACKETT

Sie hob ihre Kamera und machte Aufnahmen. Cals
Grinsen. Dr. Oakleys Erstaunen und Ehrfurcht. Der
Rest des Teams – ohne Jean-Luc – stand in der Nähe. Sie
sahen immer noch ein wenig mitgenommen aus, aber alle
lächelten.

Das Team hatte es zurück zu den Motorrädern
geschafft, und ihre einheimischen Führer fuhren sie
schnell zurück nach Siem Reap und brachten Jean-Luc
ins Krankenhaus.

Cal und Dani hatten es zusammen mit Logan und
Morgan aus dem Dschungel herausgeschafft. Cal war
sofort wieder losgezogen, um sich um Oakley und die
anderen zu kümmern und sich bei Treasure Hunter
Security zurückzumelden. Dani hatte es geschafft, zu
duschen und etwas zu essen, bevor sie in ihrem Bett
sofort eingeschlafen war. Cal war irgendwann in der
Nacht zu ihr gekrochen und hatte sie während des
Schlafes im Arm gehalten. Heute Morgen hatten sie
noch nicht viel Zeit füreinander gehabt, da sie Dr.
Oakley und die anderen treffen mussten.

„Jean-Luc würde das gefallen", sagte Dr. Oakley,
dem die Sorge ins Gesicht geschrieben stand.

Die Schusswunde des französischen Archäologen
hatte sich infiziert. Er kämpfte im Krankenhaus um sein
Leben.

Sie sah, wie sich Cals Gesicht verhärtete, trat einen
Schritt näher und legte eine Hand auf seine Schulter.

Cal räusperte sich. „Es tut mir leid, dass ich nicht
verhindern konnte, dass er verletzt wurde ..."

Dr. Oakley schüttelte den Kopf. „Sie haben mehr
getan, als man von einem Menschen erwarten kann. Ich

bin so dankbar, dass Sie bei uns waren. Ich vermute, dass mehr von uns verletzt oder tot wären, wenn Sie nicht gewesen wären. Niemand ist schuld an Jean-Lucs Verletzungen, außer der Seidenstraße."

„Er ist zäh", fügte Gemma hinzu. „Vielleicht sollten wir ihm damit drohen, dass er den Cintamani nicht sehen darf, bis es ihm wieder besser geht."

Die anderen lachten.

Cal nickte kurz. „Werden Sie dafür sorgen, dass der Stein an einen sicheren Ort gebracht wird, wo er gewürdigt und geschützt werden kann?"

Dani wusste genau, vor wem er beschützt werden musste.

„Ich habe bereits Pläne mit der kambodschanischen Regierung gemacht." Ein breites Lächeln huschte über Dr. Oakleys Gesicht. „Sie organisieren eine Sonderausstellung und zusätzliche Sicherheitsmaßnahmen."

Sakada ergänzte: „Und wir haben neue Fördermittel bekommen. Wir werden zum Phnom Kulen zurückkehren, um den Cintamani-Tempel zu untersuchen, wo ihr den Stein gefunden habt."

„Ah ... aber ihr erinnert euch schon noch an die Schlange, oder?", fragte Cal.

„Die wirklich sehr große Schlange", fügte Dani hinzu. „Wir haben da nicht übertrieben."

„Ja", erwiderte Dr. Oakley. „Ich habe immer vermutet, dass Legenden und Mythen einen Funken Wahrheit in sich tragen. Ich denke, wir wissen jetzt, dass das auf die Naga-Legenden definitiv zutrifft." Der Blick des älteren Mannes wanderte zurück zu Cal. „Wir wollen, dass Treasure Hunter Security uns begleitet. Ich möchte sicherstellen, dass jeder in diesem Team in Sicherheit ist."

„Das lässt sich einrichten", antwortete Cal.

Dr. Oakleys Aufmerksamkeit richtete sich jetzt auf Dani. „Dani, wir würden uns freuen, wenn auch du wieder dabei wärst."

„Nun ..."

Cal stand auf und zog sie näher zu sich heran. „Nicht für eine Weile, Doc. Wir haben nämlich einen Ausflug geplant."

Sie sah zu ihm auf. „Haben wir?"

„Ja. Und der hat nichts mit dem Dschungel zu tun."

Die anderen kicherten.

„Hattest du vor, mich zu fragen?"

„Nein."

Sie zog sich zurück und stemmte ihre Hände in die Hüften. „Ich bin vielleicht in dich verliebt, Cal Ward, aber das bedeutet nicht, dass du deine Alphamännchen-Nummer mit dem Nur-ich-allein-sage-hier-wo-es-lang-geht abziehen darfst."

Er packte sie und warf sie sich einfach über seine Schulter.

„Cal!"

Jetzt hörte sie die anderen lachen, und für einen Moment dämpfte das ihre Wut. Das war ein gutes Geräusch.

Sie schmiegte sich an ihn und hämmerte gleichzeitig mit ihren Händen auf seinen Rücken. Er schritt den Flur entlang, und Sekunden später waren sie in ihrem Zimmer.

Dort setzte er sie ab und umfasste ihr Gesicht. Der

ernste Blick in seinen Augen ließ sie ihre neckischen Kommentare hinunterschlucken.

„Seitdem ich meinen Freund Marty verloren habe ...", Emotionen überlagerten Cals Stimme, „habe ich mir geschworen, auch für ihn zu leben. Klettern, Parasailing, Surfen, Fallschirmspringen ... egal was, ich habe es getan. Je schneller und gefährlicher, desto besser." Er strich ihr eine Strähne hinters Ohr. „Und Frauen."

Ihr fielen schlagfertige Antworten darauf ein, aber sie blieb still.

Er strich ihr über die Wangen. „Aber was ich für dich empfinde, hat mich erkennen lassen, dass ich nicht wirklich gelebt hatte. Ich habe mein Versprechen als Ausrede benutzt, um immer weiterzumachen, nie innezuhalten – höher, schneller, weiter – und niemanden zu nahe an mich heranzulassen."

Sie verstand das. Gott, sie verstand das besser als jeder andere. „Ich habe dasselbe getan, Cal. Meine Arbeit und meine Reisen haben mich davon abgehalten, mich zu binden. Davon, mein Herz zu riskieren."

Cal nickte. „In diesem Unterwassertempel ... wurde mir klar, dass abgesehen von meiner Familie alles andere in meinem Leben nur Schein ist, ohne wirklichen Tiefgang."

Ihr Atem kam stockend. „Und jetzt?"

Seine Lippen waren nur einen Hauch von ihren entfernt. „Ich will richtig leben, meine Schöne. Willst du ein Leben mit mir führen?"

Freude durchflutete sie. „Ich bin dabei."

Lachend nahm er sie in die Arme und legte sie dann

auf das Bett. Seine Hände griffen zu seinem Hemd und öffneten die Knöpfe.

„Nun ... ich glaube mich daran zu erinnern, dass ich dir unanständige, schmutzige Dinge versprochen habe."

CAL WACHTE LANGSAM auf und streckte sich in seinem Bett. Seinem leeren Bett. Er tätschelte das Laken neben sich. Es war kühl, aber im Kissen war noch ein schwacher Abdruck zu erkennen.

Mit einem entspannten Lächeln zog er seine Jeans an und ging in die Küche seiner Berghütte. Während er sich einen Kaffee kochte, schaute er aus dem Fenster. Die Sonne ging gerade auf und warf einen goldenen Schein über die Berge. Er hörte das Piepsen seines Handys und nahm es von der Ladestation. Als er die SMS las, verdrehte er die Augen. Er war überrascht, dass sie so lange damit gewartet hatten.

Mit dem Kaffee in der Hand ging er hinaus auf die Terrasse. Die Morgenluft war kühl auf seiner nackten Brust. Cal lehnte sich gegen das Geländer und nippte an seinem Kaffee. Er fand, dass es nirgendwo so schön war wie in den Rocky Mountains.

Als er früher hierhergekommen war, war er normalerweise zu sehr damit beschäftigt gewesen, eine Klettertour oder einen Mountainbike-Trip zu planen, anstatt nur hier zu sitzen und die Aussicht zu genießen.

Aber jetzt ... er atmete tief durch und beobachtete, wie das goldene Licht intensiver wurde und der Tag begann. „Auf dich, Kumpel." Cal hob seine Kaffeetasse und hoffte, dass Marty, wo auch immer er jetzt war, glücklich war.

Das hellere Licht ließ ihn die schlanke Gestalt erkennen, die sich den Hügel hinunterbewegte. Sie ging in die Hocke, ihre Kamera vor dem Gesicht, und hielt die Aussicht fest.

Er stieg die Treppe hinunter und ging zu ihr. Sie waren seit ein paar Wochen aus Kambodscha zurück und hatten die Zeit allein hier oben verbracht, nur sie beide, und sich alles gegönnt, was sie nur wollten. Er fühlte sich wie im Himmel.

Sie spürte, dass er kam, und drehte sich um, wobei ihr breites Lächeln etwas tief in ihm erwärmte. Als er sie erreichte, zog er sie an sich und küsste ihren Hals, bevor er zu ihren Lippen wanderte. „Guten Morgen. Schön hier draußen heute." Er beobachtete, wie die Sonne ihre Haut golden färbte.

„Ja, das ist es." Sie griff nach seinem Kaffee und nahm einen großen Schluck. „Ich wollte ein paar Aufnahmen vor Sonnenaufgang machen, aber ich saß nur hier und habe alles in mich aufgesogen und die Gelegenheit verpasst."

Sie schien nicht besonders unglücklich deswegen zu sein.

„Willst du heute klettern gehen?", fragte sie.

Cal hatte keine Lust, irgendetwas zu erklimmen. Er stahl sich seinen Kaffee zurück. „Nein." Er kuschelte seine Nase in ihren Nacken. „Ich kann mir aber andere Dinge vorstellen, die wir tun können. Zusammen." Er war jetzt viel mehr daran interessiert, Momente mit Dani zu erleben, ihr Vergnügen zu bereiten, sie dabei zu beobachten, wie sie sich ihm mehr und mehr öffnete.

„Wirklich?" Sie drehte sich zu ihm. „Was zum Beispiel?"

„Wie ich dir auf jede erdenkliche Art und Weise zeige, wie sehr ich dich liebe." Er rieb seine Nase an ihrer. „Ein Kuss. Eine Liebkosung. Ein unanständiger Moment nach dem anderen."

Er sah, wie ihr Atem in ihrer Brust stockte. „Ich mag es, wie du denkst."

Dann nahm er ihre Hand, und sie gingen zusammen zurück zur Hütte.

„Ich habe da eine ganze Menge Ideen." Dann rümpfte er die Nase. „Verdammt. Ich habe das total vergessen. Meine Mutter hat mir gerade eine Nachricht geschickt. Die gesamte Familie Ward kommt zu uns zum Mittagessen, ob wir wollen oder nicht. Das bedeutet wahrscheinlich, dass auch Logan, Morgan und alle anderen, die nicht auf einem Einsatz sind, herkommen werden. Sie werden schon in ein paar Stunden hier sein."

Sie lächelte. „Ich kann es kaum erwarten, alle kennenzulernen."

Er gab einen unhöflichen Laut von sich. „Meine Mutter, nun ja, sie ist herrisch, rechthaberisch ..."

„Ich habe sie schon einmal getroffen, Cal. Sie ist umwerfend. Und du liebst sie, also werde ich sie auch lieben."

Seine Mutter würde wegen Dani durchdrehen. Cal wusste, dass seine Mutter einfach nur begeistert war, dass ihr Sohn endlich den Sprung gewagt hatte.

„Also", Dani zog das Wort in die Länge. „Mal sehen, was wir mit ein paar Stunden anfangen können."

Lust überflutete ihn. „Ist das eine Herausforderung?"

Sie hielt an, ihre Hände glitten in den Bund seiner Jeans, und ihre Finger kitzelten seine Bauchmuskeln. „Kann ich ein paar Fotos von dir machen? Ohne die Hose?"

„Nein." Er drehte sie um und schob sie in Richtung Hütte.

„Komm schon ..."

„Nein."

„Ich werde sie niemandem zeigen."

„Nein." Er zog sie in seine Arme und genoss das Lachen, das sie ausstieß. „Aber was auch immer du sonst mit meinem nackten Körper anstellen willst ... ich gehöre ganz dir."

Ihre Augen bekamen ein sanftes Glitzern. „Für immer?"

„Für immer."

Ich hoffe, dir hat die Geschichte von Callum und Dani gefallen!

Die Serie rund um das Team von Treasure Hunter Security geht mit Verlorene Ruine weiter - kommt bald. In diesem Band lernst du Logan O'Connor und Sydney Granger. **Lies weiter und erhalte einen Vorgeschmack auf das erste Kapitel.**

VORGESCHMACK: VERLORENE RUINE

Gott sei Dank war dieser beschissene Tag fast vorbei.

Sydney Granger betrat ihr Büro und wollte eigentlich nichts lieber tun, als endlich ihre hohen Absätze abzustreifen. Ihre schmerzenden Füße brachten sie fast um. Sie seufzte. Aber sie hatte noch jede Menge Arbeit zu erledigen, bevor sie endlich in ihr Apartment zurückkehren und sich bei einem Glas Wein entspannen konnte.

Sie ließ sich in den schwarzen Ledersessel hinter

ihrem polierten, glänzenden Schreibtisch sinken. Das Treffen mit dem Vorstand war ... nicht gut gelaufen. Sie massierte ihre pochenden Schläfen. Es war erst zwei Monate her, dass sie das Amt des neuen CEO von Granger Industries übernommen hatte, und die Vorstandsmitglieder waren deswegen immer noch nervös. Alles, was sie in ihr sahen, war nichts anderes als eine reiche Erbin, die ganz allgemein in der Geschäftswelt und speziell in der Immobilienbranche und im Bauwesen völlig unerfahren war.

Sydney zuckte mit den Schultern. Sie war es gewohnt, dass man sie unterschätzte.

Sie drehte sich in ihrem Ledersessel und starrte einen Moment lang auf die leuchtenden Lichter von Washington, D.C. Von hier hatte sie einen ganz hervorragenden Blick auf die große Kuppel des Kapitols. Sie kannte D.C. – sie war hier geboren und aufgewachsen –, aber sie war noch dabei, sich in ihrem neuen Job zurechtzufinden. Und hinter verschlossenen Türen fragte sie sich insgeheim, ob sie es jemals schaffen würde.

Als sie wieder zurück auf ihren Schreibtisch blickte, sah sie die Akten, die ihre Assistentin fein säuberlich in einer Ecke gestapelt hatte. Dann schaute sie auf ihren Laptop. Sydney wusste, sobald sie ihn öffnete, würde sie eine Menge E-Mails zu bearbeiten haben. Ihr Glas Feierabendwein schien in weite Ferne zu rücken.

Was solls ... um diese Zeit war niemand mehr hier, also löste sie ihre Haarklammern. Niemand sollte mitbekommen, wie der neue CEO sich im Büro entspannte. Die blassgoldenen Strähnen fielen ihr bis auf die Schultern.

Ihr Blick fiel auf das gerahmte Foto, das in einer Ecke ihres Schreibtischs stand. Es war ein Foto von ihr, zusammen mit ihrem Vater und ihrem Bruder. Es war erst vor ein paar Jahren aufgenommen worden, und sie alle grinsten fröhlich in die Kamera. *Warum zum Teufel hast du mir die Firma überlassen, Dad?* Noch vollständig unter Schock stehend über den plötzlichen Tod ihres Vaters war sie absolut fassungslos gewesen, als er ihr den Löwenanteil seiner Firma vermacht hatte. Ihr Bruder Drew hatte ebenfalls Anteile geerbt. Drew hatte einen astronomisch hohen IQ und wusste wahrscheinlich viel mehr über die Geschäftswelt und die Firma als sie. Aber Sydney wusste auch, dass ihr sozial unbeholfener Bruder trotz all seiner Brillanz eben kein versierter Geschäftsmann war.

Aus irgendeinem Grund hatte ihr Vater gewollt, dass *sie* Geschäftsführerin von Granger Industries wird.

Gott, sie vermisste ihn. Seitdem ihre Mom gestorben war, als Sydney gerade einmal zehn Jahre alt war, gab es nur noch sie drei. Trauer und Schuldgefühle waren ein immerwährender nagender, hohler Schmerz in ihr. Aber Sydney ließ sich das nicht anmerken. Sie war inmitten der feinen Washingtoner Gesellschaft aufgewachsen und war deshalb verdammt gut darin, ihre Gefühle zu verbergen. Bei den vornehmen gesellschaftlichen Anlässen warteten so viele Leute nur auf das kleinste Anzeichen einer Emotion, um sich wie Geier darauf zu stürzen und Klatsch zu verbreiten. Sie erinnerte sich an die unaufrichtigen Gesichter und leeren Worthülsen nach dem Tod ihrer Mom.

Sydney lehnte sich in ihrem Stuhl zurück. Die CIA

sollte ihre Agenten einfach auf Gesellschaftspartys und Galerieeröffnungen trainieren. Dann hätten sie die besten Pokerfaces der Welt. Sie berührte den Rahmen des Fotos. War es wirklich schon zwei Monate her, dass ihr Vater bei dieser Explosion ums Leben gekommen war? Terroristen hatten es auf einen ausländischen Diplomaten abgesehen, der im selben Hotel wohnte, und ihr Vater war von der Explosion einfach miterfasst worden.

„Es tut mir so leid, Dad.“

Jetzt saß Sydney also hier, vertieft in ihre Arbeit bei Granger Industries. Drew, der mit dieser Situation nicht zurechtkam, war nach Südamerika verschwunden. Sein neuestes Interesse galt der Geschichte und Archäologie. Ihr Bruder hatte eine ganze Reihe von Abschlüssen – sie seufzte –, aber er blieb nie lange bei ein- und derselben Sache. Letzten Monat hatte er noch davon gesprochen, ein Online-Tech-Unternehmen zu gründen. Nächsten Monat ... wer wusste das schon? Vielleicht würde er mit dem Rennwagenfahren anfangen?

Sydney rieb sich erneut die Schläfen. Sie musste Berichte lesen, Dokumente unterschreiben und sich auf die morgigen Sitzungen vorbereiten. Sie bemühte sich, aber im Moment fühlte sie sich, als ob sie ertrinken würde. An den meisten Tagen schaffte sie es kaum, den Kopf über Wasser zu halten.

Das musste besser werden, aber da war eine kleine Stimme in ihrem Hinterkopf, die ihr mit viel Schadenfreude zuflüsterte, dass sie versagen würde. Schon wieder. Diese Stimme erinnerte sie gern daran, dass sie ihren letzten Job vermasselt hatte ... und dass andere den

Preis dafür bezahlt hatten. Sie warf wieder einen Blick auf das Foto ihres Vaters, und ihre Kehle schnürte sich zu.

Das Klingeln des Telefons auf ihrem Schreibtisch ließ sie aufschrecken. Sie runzelte die Stirn. Es war spät. Wer könnte um diese Zeit hier noch anrufen?

Sie schnappte sich den Hörer. „Sydney Granger."

„Ms. Granger, hören Sie zu und reden Sie nicht."

Die elektronisch verfremdete Stimme ließ sie erstarren. „Wer ist da ...?"

„Still. Das Leben Ihres Bruders hängt davon ab."

Sydneys Hand krampfte sich um das Telefon. „Was ist mit Drew?"

„Wir halten Ihren Bruder in Peru gefangen. Wenn Sie ihn lebend zurückhaben wollen, kommen Sie nach Lima und überweisen uns vor Ort fünf Millionen Dollar, um seine Freiheit zu erkaufen. Wir melden uns wieder bei Ihnen."

Was? Ihr Herz begann zu pochen. *Bleib ruhig, Sydney. Halte ihn am Reden. Sammle so viele Informationen wie möglich.* „Woher soll ich wissen, dass das kein Scherz ist?" Sie blickte wie erblindet aus dem Fenster, die Lichter der Stadt waren auf einmal nur noch verschwommen. „Ich will mit ihm reden ..."

„Ich stelle die Forderungen, nicht Sie. Mein einziger Beweis: Ich gehöre zur Seidenstraße."

Die Leitung war tot.

Sydney legte den Hörer mit zittriger Hand auf. Seidenstraße? Wer zum Teufel war die Seidenstraße?

Sie hatte erst vor ein paar Tagen mit Drew gesprochen. Da ging es ihm gut. Er war ganz aufgeregt. Er war auf der Spur einer alten Prä-Inka-Kultur. Er hatte Museen besucht, sich mit Archäologen vor Ort getroffen und davon gesprochen, in die Anden zu gehen. Er hatte von den Ruinen geschwärmt, die er aufsuchen wollte, und von all den Nachforschungen erzählt, die er deswegen schon angestellt hatte.

Aber trotz seiner erstaunlichen Intelligenz war ihr Bruder auch ein wenig unbeholfen im normalen Leben. Es wäre so einfach, ihn zu entführen.

Oh, Gott. Wenn diese Leute ihm etwas antaten, Drew war alles, was Sydney noch hatte.

Sie zwang sich durchzuatmen. *Denk nach, Sydney.* Hatte das etwas mit ihrer früheren Tätigkeit zu tun? Diese war streng geheim gewesen. Keiner ihrer Freunde oder ihrer Familie hatte von ihrer Arbeit gewusst. Für die Öffentlichkeit war sie lediglich eine feine Dame der Washingtoner Gesellschaft gewesen, die sich hauptsächlich für Designerkleidung, schicke Partys und Ausstellungseröffnungen interessierte.

Schnell klappte sie ihren Laptop auf und loggte sich ins Internet ein. Sie gab als Suchbegriff Seidenstraße ein.

Ein paar Minuten später lehnte sie sich in ihrem Stuhl zurück, und das Grauen breitete sich in ihrem Bauch aus. Es gab nicht viele Informationen, aber was sie erfahren hatte, klang nicht gut. Die Seidenstraße schien ein gefährliches Schwarzmarktsyndikat für gestohlene Antiquitäten zu sein. Ansonsten war über sie nicht viel bekannt, außer dass sie großzügig finanziert, gut vernetzt und rücksichtslos waren.

Etwas anderes erregte ihre Aufmerksamkeit. In den letzten Monaten war die Seidenstraße mehrfach mit einer privaten Sicherheitsfirma aneinandergeraten, die auf die Sicherung von archäologischen Ausgrabungen, Expeditionen und Museumsausstellungen spezialisiert war: Treasure Hunter Security, THS. Sie legte den Kopf schief, als sie den blumigen Namen las. Es schien, als hätte diese Firma die Seidenstraße besiegt – gleich zwei Mal.

Sie gab einen weiteren Suchbegriff ein und fand die Website von Treasure Hunter Security.

Sie hatten ihren Sitz in Denver, arbeiteten aber überall auf der Welt. Sie blätterte durch die Website und verharrte bei einem Foto, das drei Männer zeigte – alle in khakifarbener Kleidung mit Holstern –, die Schulter an Schulter standen. Declan und Callum Ward waren die Inhaber des Unternehmens. Ehemalige Navy SEALs, und so wie sie aussahen, waren sie hart und fähig. Ihr Blick fiel auf den dritten Mann, der neben ihnen stand. Er war etwas größer und ein wenig breiter als die Ward-Brüder, hatte wildes, langes, braunes Haar und einen schroffen Gesichtsausdruck. Er sah aus wie ein Mann, mit dem man sich nicht anlegen sollte.

Ihr Blick wanderte zurück zum Foto auf ihrem Schreibtisch und blieb am lächelnden Gesicht ihres Bruders hängen. Ihr Magen drehte sich um.

Sie musste Drew retten. Und dazu brauchte sie die Hilfe von Treasure Hunter Security.

Logan O'Connor streckte sich aus, legte seine Stiefel auf die Armlehne der Couch und zog seine Mütze tief über die Augen.

Verdammt, er war so müde.

Nachdem er vor einem Monat von einem Job im kambodschanischen Dschungel zurückgekehrt war – er hatte dort Callums Arsch gerettet –, hatte er sich direkt in einen anderen Job in der Wüste Gobi gestürzt. Es war zermürbend, heiß und sandig gewesen. Er hasste Sand.

„Hey, Stiefel runter von der Couch!" Eine Hand klatschte gegen seine Stiefel.

Logan knurrte nur.

Seine Mütze wurde weggefegt. Darcy Ward stand vor ihm und starrte ihn an. Wie immer sah sie umwerfend und elegant aus. Keine einzige Strähne ihres kinnlangen schwarzen Haars lag fehl am Platz, und ihre blaugrauen Augen waren direkt auf ihn gerichtet.

Sie versuchte erneut, seine Stiefel zu bewegen, aber er ließ sie, wo sie waren.

„Wir erwarten eine Klientin, Logan", sagte sie verärgert.

Logan grunzte als Antwort.

Sie schob und drückte wieder, und schließlich rutschten seine Füße auf den polierten Betonboden.

Er setzte sich aufrecht hin. „Ich bin so verdammt froh, dass ich nie eine Schwester hatte."

Sie verzog das Gesicht.

„Geh doch deine *richtigen* Brüder nerven", knurrte er.

„Die sind gerade nicht hier." Sie rümpfte die Nase.

„Declan und Layne sind oben. Sie müssten bald herunterkommen."

Dec, Logans bester Freund, wohnte im Apartment über dem Büro von Treasure Hunter Security.

Logan schnaubte. „Ich wette, ich weiß, was die dort gerade treiben." Seit sein bester Freund sich Hals über Kopf in Dr. Layne Rush verliebt hatte, konnte der Mann nicht mehr von seiner Verlobten lassen. „Die beiden sind wie verdammte Karnickel."

„Im Büro wird nicht geflucht", schnauzte Darcy.

„Seit wann?"

„Gleich kommt eine Klientin", erklärte sie erneut mit übertriebener Geduld. „Sie kommt extra aus Washington D.C. Sie ist die Geschäftsführerin von Granger Industries. Das wird ein gut bezahlter Job, Logan. Vermassle das nicht."

Granger Industries? Logan erinnerte sich vage an eine Immobilienfirma oder ein Bauunternehmen oder so etwas in der Art. Nur um Darcy zu ärgern, legte Logan seine Stiefel jetzt auf den Couchtisch. „Wo ist Cal?"

„Auf einer Reise mit Dani. Sie fotografiert in der Ruinenstadt Great Zimbabwe und Cal begleitet sie."

Ein weiterer Mann, der sich nicht von den Frauen fernhalten konnte. Logan konnte immer noch nicht glauben, dass seine beiden besten Freunde jetzt ernsthaft verliebt waren. Dec und Cal – zwei der härtesten Kerle, die er je gekannt hatte.

Er hörte Schritte, und da sie nicht von der Eingangstür zum Büro kamen, wusste er, dass es Dec war. Nach den gemeinsamen Jahren in SEAL-Teams und der gemeinsamen Arbeit bei THS erkannte Logan Decs Schritte überall.

„Darcy. Logan." Declan durchquerte die große, offene Fläche des umgebauten ehemaligen Lagerraums.

Logan warf einen Blick auf seinen Freund. Dec war groß, muskulös und hatte stechend graue Augen. Er sah immer noch genauso aus wie früher, aber in diesen Tagen wirkte er anders. Entspannter, gelassener.

„Wer ist unsere neue Klientin?", fragte Dec.

„Sydney Granger von Granger Industries." Darcy blickte auf ihre Uhr. „Ihr Flugzeug sollte vor einer Stunde gelandet sein. Sie müsste bald hier ankommen."

Dec nickte und ging auf die kleine Küchenzeile in einer Ecke des Raumes zu. Er öffnete den Kühlschrank und holte eine Limonade heraus.

„Cola light?" Logan zog eine Augenbraue hoch.

„Layne ist geradezu süchtig nach dem Zeug." Dec zuckte mit den Schultern. „Ich bin jetzt auch auf den Geschmack gekommen."

Logan schüttelte den Kopf. „Als Nächstes erzählst du mir, dass du zum Brunch oder zu einer verdammten Maniküre gehen willst."

Decs grauer Blick verengte sich. „Nein, aber ich denke ernsthaft darüber nach, dir in den Arsch zu treten."

Logan schnaubte. „Du kannst es ja gern versuchen."

„Pst", raunte Darcy. „Sie ist hier. Versucht wenigstens, professionell zu wirken." Sie stieß Logans Stiefel vom Couchtisch.

Logan folgte Darcys Blick zur Wand mit den Flachbildschirmen an einem Ende des weiträumigen Büros.

Das dort war Darcys Domäne. Sie sah zwar aus, als wäre sie einer Modezeitschrift entsprungen, aber die Frau war ein Genie im Umgang mit Computern. Auf dem hinteren Bildschirm sah er die Sicherheitsvideos von der Außenseite des Büros. Er bemerkte etwas, das wie ein Mietwagen aussah, der in der Nähe seines Pick-up-Trucks geparkt war, und erhaschte einen flüchtigen Blick auf blondes Haar, während eine Frau auf die Eingangstür des Lagerhauses zuging.

Das Nächste, was er hörte, war das Klacken von Absätzen auf Beton. Logan drehte seinen Kopf. Und dann richtete er sich auf.

Die Frau war groß, schlank und trug einen marineblauen Rock, der ihre sanften Kurven umschmeichelte, und eine frische weiße Bluse. Blondes Haar in der Farbe von Champagner war in einer Art kompliziertem Zopf am Hinterkopf zurückgebunden und betonte ein Gesicht, das einfach nur schön war. Sie hatte eine schmale Nase, perfekt geformte Lippen und hohe Wangenknochen. Ihre blassblauen Augen ließen den Blick durch das Büro gleiten.

Der Frau stand Geld und Klasse geradezu ins Gesicht geschrieben.

Logan rutschte auf der Couch hin und her. Sie war *so gar nicht* sein Typ.

„Hi, Ms. Granger." Darcy trat vor und streckte ihre Hand aus. „Ich bin Darcy Ward. Das ist mein Bruder Declan."

„Danke, dass ihr mich empfangt. Und bitte, nennt mich Sydney." Sie schüttelte erst Darcy und dann Declan die Hand.

„Freut mich, dich kennenzulernen", sagte Dec.

„Und das ist einer unserer besten Sicherheitsspezialisten, Logan O'Connor." Darcy deutete auf Logan.

Logan machte sich nicht die Mühe aufzustehen, sondern hob nur sein Kinn an.

Sydney Granger warf ihm lediglich einen kühlen Blick zu, bevor sie wieder zu Declan und Darcy schaute.

Ja, er war gerade von der Eiskönigin begutachtet worden. Er war überrascht, dass er keinen Gefrierbrand davongetragen hatte.

„Ich brauche eure Hilfe", erklärte Sydney. „Mein Bruder braucht eure Hilfe."

Darcy wies auf den Konferenztisch an der Seite. „Warum setzen wir uns nicht? Du wolltest uns per Telefon ja keine Details verraten ..."

Sydney Granger nickte. „Ich weiß nicht, ob es sicher ist." Sie ließ sich in einen Stuhl sinken. „Mein Bruder ist vor ein paar Wochen nach Peru gereist. Er hat Geschichte studiert und wollte dort eine alte Kultur erforschen ..."

„Inka?", fragte Dec.

„Nein. Hast du jemals von den Kriegern der Wolken gehört? Man nennt sie auch die Chachapoyas."

Logan runzelte die Stirn und sah, wie Darcy und Dec den Kopf schüttelten. Darcy tippte auf einer ihrer Tastaturen herum und wollte offensichtlich gerade eine Suche durchführen.

„Ich kannte die vorher auch nicht", ergänzte Sydney. „Aber ich habe auf dem Flug hierher etwas recherchiert."

„Die kommen in *Jäger des verlorenen Schatzes* vor", bemerkte Logan.

Hübsche blaue Augen blinzelten ihn an. „Ja."

Ja, ich bin nicht nur ein großer, dummer Idiot. Logan war es gewohnt, dass die Leute lediglich einen kurzen Blick auf ihn warfen und entschieden, dass er groß und gefährlich, aber nicht besonders klug war.

„Die goldene Statue, hinter der Indiana Jones am Anfang des Films her ist ...", er schaute die anderen erwartungsvoll an, „ihr wisst schon, als er vor dem großen, rollenden Felsbrocken fliehen muss. Diese Statue gehörte den Kriegern."

„Das ist richtig", bestätigte Sydney Granger mit ihrer kühlen, kultivierten Stimme. „Aber der Film entspricht nicht den Tatsachen. Die Chachapoyas arbeiteten nicht mit Metall, also hatten sie auch keine goldenen Götzenstatuen. Sie erbauten ihre Städte und Festungen hoch in den Nebelwäldern der Anden. Mein Bruder schätzt, dass bisher nur ein kleiner Teil ihrer Stätten gefunden wurde. Die Wolkenkrieger kämpften jahrelang gegen die Inka und halfen sogar den Spaniern im Kampf gegen sie. Sie waren berühmt für ihre Schönheit, und viele von ihnen waren hellhäutig mit blondem Haar und hellen Augen. Mehrere ihrer Mumien wurden entdeckt, von denen viele tatsächlich blondes Haar haben, und einige Nachkommen der Chachapoyas haben auch heute noch blondes Haar und blaue oder grüne Augen."

„Sie stammten ursprünglich also nicht aus der Andenregion?", fragte Darcy. „Kamen sie von woanders her?"

Sydney legte den Kopf schief. „Es gibt viele Theorien. Dass sie lange vor den Spaniern aus Europa angekommen sind, dass sie vom hellhäutigen, bärtigen Gott

Viracocha abstammen. Jüngste DNA-Tests haben erge-
ben, dass sie aus der Andenregion stammen und sich
nicht wirklich von den anderen Bewohnern derselben
Region unterscheiden. Sie stammen eben aus den Nebelwäldern."

„Was ist mit den Wolkenkriegern passiert?", fragte
Logan.

„Sie hielten lange durch, aber schließlich wurden sie
von den Inka besiegt. Sie wurden gezwungen, ihre Städte
zu verlassen, und die von den Spaniern eingeschleppten
Krankheiten rotteten sie aus."

„Okay, und was haben diese Krieger der Wolken nun
mit deinem Bruder zu tun?", fragte Dec.

Logan beobachtete die Frau, während sie ihr Kinn
anhob. Als er in ihr Gesicht blickte, sah er nichts als
eisige Perfektion. Keine Emotion, keine Sorge, nichts. Ja,
sie war eine wirklich coole Frau.

„Ich habe gestern Abend einen Anruf in meinem
Büro erhalten. Eine Gruppe sagt, sie habe meinen Bruder
und wolle fünf Millionen Dollar Lösegeld. Sie sagten, ich
solle nach Lima, Peru, reisen, um dort die Transaktion
durchzuführen."

Logan schüttelte den Kopf. Vergiss Coolness, sie war
eiskalt. Mann, die Frau sah nicht einmal so aus, als würde
ihr Puls in die Höhe schnellen, während sie davon redete,
dass ihr Bruder als Geisel festgehalten wurde. Da floss
nichts als Eiswasser in diesen Adern.

Dec runzelte die Stirn. „Wir machen eigentlich keine
Lösegeldforderungen. Wir haben zwar eingegriffen, als
einige Archäologen von Ausgrabungsstätten entführt
wurden ..."

Interessanterweise sah Logan, wie Sydney ihre Hände auf dem Tisch zusammenpresste. Ihre Finger krümmten sich kurz, dann entspannten sie sich wieder. „Ich bin zu euch gekommen, weil die Gruppe, die Drew gefangen hält ... sie nennen sich Seidenstraße."

Jetzt sprang Logan auf die Beine. *Oh, verdammt.*

Treasure Hunter Security

Verlorene Oase

Verlorener Tempel

BÜCHER VON ANNA

Also Available as Audiobooks!

Unbroken Heroes

The Hero She Needs

The Hero She Wants

Also Available as Audiobooks!

Sentinel Security

Wolf

Hades

Striker

Steel

Excalibur

Hex

Also Available as Audiobooks!

Norcross Security

The Investigator

The Troubleshooter

The Specialist

The Bodyguard

The Hacker

The Powerbroker

The Detective

The Medic

The Protector

Also Available as Audiobooks!

Billionaire Heists

Stealing from Mr. Rich

Blackmailing Mr. Bossman

Hacking Mr. CEO

Also Available as Audiobooks!

Team 52

Mission: Her Protection

Mission: Her Rescue

Mission: Her Security

Mission: Her Defense

Mission: Her Safety

Mission: Her Freedom

Mission: Her Shield

Mission: Her Justice

Also Available as Audiobooks!

Treasure Hunter Security

Undiscovered

Uncharted

Unexplored

Unfathomed

Untraveled

Unmapped

Unidentified

Undetected

Also Available as Audiobooks!

Oronis Knights

Knightmaster

Knighthunter

Galactic Kings

Overlord

Emperor

Captain of the Guard

Conqueror

Also Available as Audiobooks!

Eon Warriors

Edge of Eon

Touch of Eon

Heart of Eon

Kiss of Eon

Mark of Eon

Claim of Eon

Storm of Eon

Soul of Eon

King of Eon

Also Available as Audiobooks!

Galactic Gladiators: House of Rone

Sentinel

Defender

Centurion

Paladin

Guard

Weapons Master

Also Available as Audiobooks!

Galactic Gladiators

Gladiator

Warrior

Hero

Protector

Champion

Barbarian

Beast

Rogue

Guardian

Cyborg

Imperator

Hunter

Also Available as Audiobooks!

Hell Squad

Marcus

Cruz

Gabe

Reed

Roth

Noah

Shaw

Holmes

Niko

Finn

Devlin

Theron

Hemi

Ash

Levi

Manu

Griff

Dom

Survivors

Tane

Also Available as Audiobooks!

The Anomaly Series

Time Thief

Mind Raider

Soul Stealer

Salvation

Anomaly Series Box Set

The Phoenix Adventures

Among Galactic Ruins

At Star's End

In the Devil's Nebula

On a Rogue Planet

Beneath a Trojan Moon

Beyond Galaxy's Edge

On a Cyborg Planet

Return to Dark Earth

On a Barbarian World

Lost in Barbarian Space

Through Uncharted Space

Crashed on an Ice World

Perma Series

Winter Fusion

A Galactic Holiday

Warriors of the Wind

Tempest

Storm & Seduction

Fury & Darkness

For more information visit www.annahackett.com

ÜBER DIE AUTORIN

Ich bin eine USA-Today-Bestsellerautorin für Liebesromane. Meine Leidenschaft sind Romane, in denen es an Action nicht mangelt, Science-Fiction Platz findet und auch die Liebe nicht zu kurz kommt. Ich liebe es, über Menschen zu schreiben, die entgegen allen Erwartungen die schwierigsten Situationen lösen und sich beim Erreichen ihrer Ziele selbst übertreffen.

Ich lebe mit meinem eigenen persönlichen Helden und zwei sehr aktiven Söhnen in Australien.

Für Erscheinungstermine, einen Blick hinter die Kulissen, kostenlose Bücher und andere tolle Goodies, melde dich hier an und verpasse nichts mehr: www.annahackett.com